燕赵秀林丛书·艺术

曲苑芳华

燕赵秀林曲艺人才作品选

河北省曲艺家协会 编著

河北出版传媒集团

花山文艺出版社
河北·石家庄

图书在版编目（CIP）数据

曲苑芳华：燕赵秀林曲艺人才作品选 / 河北省曲艺家协会编著. -- 石家庄：花山文艺出版社，2025.3.（燕赵秀林丛书）. -- ISBN 978-7-5511-7445-9

Ⅰ．I239

中国国家版本馆CIP数据核字第2024J0U041号

丛 书 名：	燕赵秀林丛书·艺术
书 　 名：	**曲苑芳华**——燕赵秀林曲艺人才作品选 QU YUAN FANG HUA——YANZHAO XIU LIN QUYI RENCAI ZUOPIN XUAN
编 　 著：	河北省曲艺家协会
出 品 人：	郝建国
选题策划：	李　彬
责任编辑：	刘燕军
责任校对：	杨丽英
美术编辑：	陈　淼
出版发行：	花山文艺出版社（邮政编码：050061） （河北省石家庄市友谊北大街330号）
销售热线：	0311-88643299/96/17
印　　刷：	石家庄海德印刷有限公司
经　　销：	新华书店
开　　本：	700毫米×1000毫米　1/16
印　　张：	13.5
字　　数：	220千字
版　　次：	2025年3月第1版 2025年3月第1次印刷
书　　号：	ISBN 978-7-5511-7445-9
定　　价：	68.00元

（版权所有　翻印必究·印装有误　负责调换）

序言

人才兴则事业兴、人才强则国家强，人是事业发展最关键的因素。文艺事业要实现繁荣发展，就必须培养人才、发现人才、珍惜人才、凝聚人才，培育造就大批德艺双馨的文学艺术家和规模宏大的文化文艺人才队伍，构建出成果和出人才相结合的工作格局。

为了进一步推动文艺人才培养和队伍建设，打造一支德艺双馨的文艺冀军，河北省坚持以习近平文化思想为指导，组织实施了文艺名家推出工程、中青年文艺人才"秀林计划"、文艺后备人才"春苗行动"、文艺名家情系河北"故乡创作计划"，构建起文艺人才培养的四梁八柱，形成了老中青梯次衔接、省内外交相辉映的文艺人才格局。在各界共同努力下，河北的文艺人才如雨后春笋般不断涌现，全省文艺事业呈现出蓬勃发展的繁荣景象。

作为中青年文艺人才"秀林计划"的重要内容，省委宣传部会同省文联、省作协开展了"燕赵秀林丛书"的编辑出版工作，将按照"一人一书"或者"一类一书"的原则，为我省优秀中青年人才出版代表性作品，并配套开展作品研讨、专场演出、展览展示和媒体宣传等活动，形成文艺人才培养、宣传、使用一体化格局，努力推动更多优秀中青年人才脱颖而出，在新时代的文艺道路上挑大梁、当主角。首批图书，将为11位青年作家各出版一部文学作品选集，并从戏剧、音乐、美术、曲艺、舞蹈、民间文艺、摄影、书法、杂技、影视、文艺评论等11个艺术门类中各遴选中青年艺术家代表，分别出版一部优秀作品合集。

青年是事业的未来。只有青年文艺工作者强起来，文艺事业才能形成长江后浪推前浪的生动局面。希望此次入选的中青年优秀人才，能以出版"燕赵秀林丛书"为新的起点，再接再厉、接续奋斗，立足河北丰厚的历史文化资源，聚焦中国式现代化在河北可视可感可行的火热实践，创作推出更多充满时代气息、具有河北特色的精品力作。也希望全省的作家、艺术家们，既秉持学习前人的礼敬之心，更树立超越前人的竞胜之心，增强自我突破的勇气，迈向更加广阔的创作天地，努力攀登新时代文艺新高峰！

丛书编委会

2024 年 9 月

目录

001 / 王增全

021 / 石 磊

041 / 闫亚伟

069 / 李 雪

083 / 张丽静

097 / 曹美惠

109 / 常 安

139 / 李庆丰

161 / 赵 根

173 / 郭宝艳

197 / 王爱利

（按中青年文艺人才"燕赵秀林计划"入选年份及姓氏笔画排序）

活到老　学到老

王增全简介

王增全，中共党员，入选中青年文艺人才"燕赵秀林计划"，国家二级演员。张家口市曲艺家协会副主席。毕业于河北省艺校张家口分校青年晋剧班，主工须生和丑角，现任职于张家口戏曲艺术研究院口梆子晋剧团。

曾荣获第三届中国戏剧奖·优秀剧目奖、第七届中国曲艺牡丹奖全国曲艺大赛新人入围奖和节目提名奖、第九届中国曲艺牡丹奖全国曲艺大赛新人入围奖、第十届中国曲艺牡丹奖全国曲艺大赛新人入围奖，首届"武清·李润杰杯"全国快板书大赛优秀奖、河北省第十一届"燕赵群星奖"、第三届"南山杯"全国新人新作展演三等奖、第四届"南山杯"全国新人新作展演"全国十佳新人奖"。2017年赴山东菏泽参加首届中国东部曲艺节目展演，受到专家评委小组好评。2018年获河北省文联"最美党员文艺工作者"荣誉称号。

王增全的个人代表作品有口书《三英战吕布》《算账》《守望》《三打祝家庄》，快板书《断案惊魂》《三打白骨精》《红柳楼》等。2017年与张家口市曲艺家协会骨干成员创立了张家口独有的曲种"口书",一经问世受到了业界专家和同人的关注肯定,并在全国大赛中屡获佳绩,得到了中国曲协和河北省曲协的大力支持与鼓励。

  一路走来,王增全有大胆探索与创新,同时也在不断总结自身的不足,确立改进方向。尤其在文本创作方面,积极为演员量身定做、量体裁衣。王增全本身具备戏曲功底,所以在文本创作的时候,他大胆加入了戏曲的唱功与身段。为了让节目更加有看点,融入了相声当中的"捧逗"关系,同时在翻包袱的时候,延续了地方方言的特色,在演出过程中收到了良好的效果和反响,给观众带来意想不到的"笑果",让观众记忆犹新,回味无穷。"口书"这一地方曲种正在让更多的观众朋友熟知。

口书《差一点儿》

作者：成杨　王增全　胡雪
表演：王增全　胡雪

甲：俗话说，赠人玫瑰，手有余香，与人为善，善莫大焉！要说人这一辈子什么事都能碰上，有大事、有小事，虽说是小事，也能悟出大道理。

说是公交车上人挺多

有位大娘挤上了车

她看看没人来让座

不由得就想来发火

她心里憋了一口气

说出的话可就欠考虑

乙：唉！这会儿的年轻人，一点儿眼色也没有，瞎眉触眼的！

甲：嘿，您听大娘这嘴，跟小刀子似的！

乙：小刀子？大片刀才好呢！

甲：为啥？

乙：为甚？

大娘我说话像放屁

没有一个人来搭理

全都低头玩手机

你说可气不可气

气死我了！

甲：有个小伙正睡觉

2020年12月在张家口市威尼斯酒店参加第十二届全国曲艺高研班汇报演出,表演口书《差一点儿》,表演者:胡雪、王增全

大娘这一跺他吓一跳

他睁开眼睛往上瞧

娘啊!

大娘她瞪着眼睛叉着腰

乙:哎!

这世道真是没法儿说

不懂事的人实在多

瓷眉杏眼旁边坐

你坐烂了屁股也不挪窝

不进眼货!

甲：大娘瞪着俩眼睛

小伙子心里吃一惊

心想别跟她来计较

没事不能找背兴

干脆把座让给她

我旁边一站总归行

大娘，坐呀!

乙：你坐呀!

看，大娘我今天不发火

肯定没人来让座

这就是软的欺，硬的怕

早让座何必没事找挨骂

这还差不多!

甲：小伙子起身把座让

惹恼了旁边的小对象

她眼睛一瞪嘴一张

说出的话，叭叭叭像机枪

乙：干甚哪，坐下!怕甚了?

咱一不偷二不抢

三不犯法心不慌

谁说必须把座让

不让能把我怎么样

不让!不让!就不让!

甲：您听姑娘这几句话，就跟炸弹似的，气得大娘是火冒三丈！

乙：哎呀，气死我了！

（唱）背兴背兴真背兴

碰了这么个小妖精

老娘我实在气不行

今天就跟你来拼命

甲：至于吗？

她们俩吵翻了天

司机赶紧把话言

别吵了，别吵了

大伙都快坐好吧！

乙：他急急忙忙踩刹车

正好赶了个大下坡

这车一摇车一晃

老太太身子来回荡

她脚下一闪没站稳

一屁股坐在了小伙大腿上

甲：大娘，我的腿不是那沙发床

撑不住你这胖大娘

大娘不小心这么一坐，那姑娘当场就不干了！

乙：往哪坐呀？

坐大腿坐得还挺美

用不用给你倒杯水

我再给你揉揉腿

就当伺候那女土匪

你要找碴儿别找我

姑娘我可不好惹

甲：这姑娘是不依不饶，大娘是连哭带闹！

乙：大伙儿快来帮帮忙

这车上坐了俩流氓！

男流氓！女流氓！

一块儿要打我老大娘！

救命呀！

甲：大娘这一哭可乱了套

是喊的喊来叫的叫

这个说

年轻人让着点儿老年人

有点儿爱心行不行

乙：那个讲

她倚老卖老不讲理

真有点儿让人瞧不起

甲：这边哭，那边闹

也有人忙着来拍照

快来看，快来看！

看完热闹点个赞！

什么玩意儿！

乙：这司机一看事儿越闹越大了，赶紧把车停在路边来劝架！

甲：别吵了别吵了！

大娘您老先消消气

咱们慢慢讲道理

这车上吵闹不安全

出事还得把责任担

乙：甚呀？你是说我不讲理？

甲：大娘！我不是这意思！

乙：那你甚意思？

他们两个欺负我

你还过来拱我的火

告给你老娘我从来不吃亏

欺负我让你们一块儿把命赔

老娘今儿跟你们拼了！

甲：大娘是越闹越凶，您说怎么办？

这时候，有位大爷开了言！

好！

打得好！打得妙！

这就叫狗撵鸭子——呱呱叫！

都别劝也别拉

大伙一块儿看打架

打输了你就进医院

打赢了你就进法院

花钱受罪带现眼

拘留所里有人管

打呀！接着打！

乙：哎！大爷！你这是咋说话了？您老真是吃瓜的不怕事大！

甲：闺女！今儿这个事大爷都看见了，作为长辈，我得跟你们叨歇两句！

孩子们呀！

（唱）谁家里都有老父母

谁都有年老那一天

年轻人就要多体谅

不能让老人把心寒

乙：哎呀！大哥！你可是个机密人，你说说这两个水蛋壳！

甲：大妹子！你也少说两句！今儿这事你也是差一点儿呀！

（唱）这件事其实挺简单

没必要非钻牛角尖

年轻人尊重老年人

老年人更要心地宽

乙：大哥……

甲：大妹子，你想想！

儿孙们知道你这样办

心里头对你该咋看

难道让他们对外说

我姥姥奶奶真能干

只要上车发脾气

肯定就能把座占

乙：大哥，我可不是这种人……

甲：大妹子！咱们做人办事不能光想着自个儿呀！

听完大爷这番话，

小伙子心里很惭愧

当着大家伙儿的面

来向大娘把礼赔

大娘！对不起！

这说一千道一万

不该坐着让您站

我们办事不进眼

想打想骂随您便

大娘，我们错了！

乙：孩子们给我来道歉

让我没地方放老脸

我为了占座出洋相

真是没有个老人样

孩子们！今儿这个事也怨大娘，你说大娘老了老了……

甲：大妹子！这就对了！

这尊老爱幼人称赞

咱们祖祖辈辈往下传

身边的小事不起眼儿

可千万不能差一点儿

合：知道！

这感人的话语像春风

它带来了温馨与真情

幸福美好的康庄道

他们欢声笑语往前行

甲：这正是

与人为善和谐点儿

乙：为人处世宽容点儿

甲：遇上小事理解点儿

乙：心胸宽广大度点儿

甲：努力点儿

乙：拼搏点儿

甲：友善点儿

乙：自信点儿

合：为中华圆梦快一点儿

可千万不能差一点儿

为中华圆梦快一点儿

可千万不能差一点儿

2016年1月在张家口市电视台参加元宵节春节晚会,表演口书《三英战吕布》,表演者:胡雪、王增全。该作品荣获第四届"南山杯"全国曲艺新人新作优秀节目展演

2016年5月在张家口戏曲艺术研究院小剧场,表演东口数子《口菜谣》,表演者:谢峰、王增全。该作品荣获第七届中国曲艺牡丹奖新人提名奖

2017年10月在山东菏泽参加首届中国东部优秀曲艺节目展播,表演口书《算账》,表演者:胡雪、王增全。该作品荣获首届中国东部优秀曲艺节目展播

2018年7月在合肥参加第十届中国曲艺牡丹奖,表演口书《守望》,表演者:胡雪、王增全。该作品入围第十届中国曲艺牡丹奖

2019年1月在张家口市张北县参加"我们的中国梦——文化进万家"中国曲艺家协会文艺志愿服务小分队慰问演出，表演口书《算账》，表演者：胡雪、王增全

2023年5月在张家口境曲社表演快板书《三打白骨精》，表演者：胡雪、王增全

2023年8月在张家口境曲社表演对口快板《迈上新征程》，表演者：胡雪、王增全

2024年1月在大同大剧院参加第七届"乌大张"春节联欢晚会，表演对口快板《大境门颂》，表演者：胡雪、王增全

2024年1月在张家口市公安局礼堂参加"我做的群众最满意的一件事报告会",表演对口快板《公安新气象》,表演者:安宇坤、王增全

2024年4月在张家口境曲社表演对口快板《长城脚下话长城》,表演者:胡雪、王增全

2024年1月在张家口市桥东区参加桥东区春节联欢晚会,表演对口快板《魅力桥东谱新篇》,表演者:胡雪、王增全

2024年6月在张家口境曲社表演方言数来宝《为了谁》，表演者：胡雪、王增全。该作品入围第十三届中国曲艺牡丹奖

2024年5月在张家口中侨集团参加"强国复兴有我"曲艺展演进企业,表演东口数子《此地话》,表演者:朱凤翔、王增全

2024年7月在张家口燕兴机械厂表演东口数子《口菜谣》,表演者:朱凤翔、王增全

愚者向外祈求力量，
智者由内发掘力量。

石磊

石磊简介

　　石磊，1984年生，入选中青年文艺人才"燕赵秀林计划"，师承相声表演艺术家、曲艺作家杨志刚先生。中国曲艺家协会会员，二级演员，河北省曲艺家协会副秘书长，保定市曲艺家协会副主席。2000年就读于中国北方曲艺学校文创专业；2003年就读于天津艺术职业学院曲艺表演专业；2017年至今就职于保定市艺术团，任曲艺演员。2014年曾荣获河北省第十一届燕赵群星奖，2015年获首届京津冀曲艺邀请赛一等奖，2017年获第二届京津冀曲艺邀请赛一等奖，入选2019年度国家艺术基金资助项目，获2021年"民族团结杯"河北省第五届少数民族文艺调演一等奖。

　　石磊的代表作有对口快板书《登山访贫》《狼牙山五勇士颂》，相声《追剧达人》《恋爱大师》《黄鹤楼》《新编绕口令》《歌曲大咖秀》等。其中，对口快板书《狼牙山五勇士颂》，作者邢文博，讲述狼牙山五勇士的英雄事迹。《登山访贫》作者崔砚君，讲述两位扶贫干部在扶贫工作中认真积极，替百姓着想，最后圆满完成动迁任务的故事。这两部作品对演员的表演能力有着非常大的考验，石磊分别向王文水、刘际、李立山请教，得到了几位老师的耐心指点。经过刻苦练习，登台演出之后节目受到观众的一致好评，他凭借这个节目获得了2019年度国家艺术基金资助，荣获"民族团结杯"河北省第五届少数民族文艺调演一等奖。

相声《恋爱大师》是由石磊个人创作的。他看到当今社会上有不少人被称作"钢铁直男"，他们在恋爱过程中发生过很多让人忍俊不禁的小误会，才有了创作这个作品的想法。节目中分别展示了暖男和直男在同一件事情上不同的处理方法，更在节目中向女性朋友提醒，不管直男还是暖男，真正爱你的那一个才是最适合的，不要过于盲目追求外形和物质，演出现场效果火爆，社会反响强烈。作为一名相声演员，石磊希望通过自己的努力，创作和表演出让老百姓喜闻乐见的作品，让更多欢声笑语留在相声舞台。

相声《恋爱大师》

作者：石磊

甲：相声都是来源于生活。

乙：所以我们应当多观察生活。

甲：我就特别善于观察生活。

乙：好呀！

甲：知道我最喜欢观察什么吗？

乙：什么？

甲：姑娘！

乙：流氓！

甲：我观察的不是女人身材……

乙：你观察的是什么？

甲：思想，你以为呢？

乙：思想？我以为……发型呢！这思想是内在怎么观察呢？

甲：通过她们说的话、做的事我就能分析出她们心理，所以别人送了我个外号。

乙：管您叫？

甲：恋爱大师！

乙：恋爱大师？就是光谈恋爱呗，你这个玩弄感情的骗子，还觍着脸，我是恋爱大师，呸，就是个渣男！

甲：通过你的言行我分析出来了，你，是个单身狗！

乙：你……分析得还真对！为了我的爱情我也是操碎了心，这不去年我特意去体育场那边找大师给我算了算姻缘。

甲：怎么样？

乙：大师说我三十岁之前没有姻缘。

甲：那三十岁之后呢？

乙：习惯了……

甲：一辈子单身！

乙：我倒是不怕单身，关键是我再不结婚会影响我的身高。

甲：你这岁数了还能再长个儿吗？

乙：我妈说了我要再不结婚腿打折！

甲：那你更找不着对象了。

乙：渣男，不是，大师你能不能帮帮我？

甲：帮你？我先看看你的条件，找找你的优点。嘿！你看小伙子往这一站，这个头儿……是矮点儿、体形……是胖点儿，模样……是惨点儿……但你是个人呀！

乙：我就这一点能被肯定吗？

甲：还是个男人，两点了，行了吧？要想脱离单身的状态，首先你得进入女人的心。

乙：进入女人的心，那还不容易，我给她买名牌包，买名牌化妆品，请她吃饭……

甲：你的意思是买买买就行了？

乙：对！老话怎么说的，"妈呢"——Money 代表我的心。

甲：你以为女人都那么物质？其实大多数女同胞需要的是一个她说的你懂，她没说的你懂，她做的你懂，她没做的你还懂……总而言之一句话，就是需要一个由上到下从里到外自始至终完全懂她的人。

乙：是这样吗？

甲：还不信？那咱们在这表演一回。

乙：怎么表演？

甲：我现在就是你心目中的女神，你暗恋我很久了，但是没有联系方式，所以不能表白。你想想应该怎么跟我打招呼，然后加上我的微信。

乙：这还不简单吗？小妞，你长得真漂亮，咱俩加个微信，哥带你shopping去！

甲：你是臭流氓！你这样能加上微信吗？

乙：那怎么加呢？

甲：你看我的吧！美女，我刚刚在路上捡到了一分钱，你可以替我交给警察吗？"

乙：现在还能捡到一分钱？

甲：能啊，不信咱俩加个微信，我发给你！

乙：这就加上啦！

甲：看了你的朋友圈我才知道你原来是个"照骗"！

乙：我怎么"照骗"了？

甲：你比照片好看多了。

乙：讨厌！

甲：你快去照照镜子。

乙：为什么？

甲：我想让你知道，我的女朋友多好看。

乙：谁是你的女朋友？

甲：你喜欢养猫还是养狗？

乙：养猫。

甲：喵喵，你要养我一辈子哟！

乙：你好意思让我养吗？

甲：好意思，因为你欠了我很多钱。

乙：我什么时候欠你钱了？

甲：时间就是金钱，我每天都在想你，你说欠我多少钱了？！

乙：坏人！

甲：你觉得咱俩合适吗？

惠民演出

乙：不合适！

甲：我也觉得咱们不合适做朋友，所以你做我老婆吧！

乙：太厉害了。

甲：刚才这些你都明白了吗？

乙：啊……明白了！

甲：你这是装明白。这样吧，换个方式，现在开始咱俩就是情侣了，我是你女朋友，咱俩一边逛街一边聊天，你回答我的问题，看你能回答对多少。

乙：行。咱是搞语言工作的，说话是强项肯定都能答对？

甲：为了增强你的记忆，没回答对的我用它敲一下你的脑袋，也不白敲，我告诉你怎么改。

乙：来吧！

甲：那咱这就开始。亲爱的，你怎么才来呀！

乙：路上太堵车了，你等我半天了吧？

甲：没等多久，才二十六秒。你要不问我都没在意。

乙：这还没在意呢？

甲：你看我化这个妆好看吗？

乙：好看！真漂亮！

甲：那我是化妆漂亮还是不化妆漂亮呢？

乙：都漂亮。

甲：没走心！

乙：那我应该怎么回答呀？

甲：你要想完美避开所有的坑应该这样回答，化浓妆的你妩媚妖娆，化淡妆的你高雅清新。还别说化妆了，不化妆的时候都那么可爱，就算是蓬头垢面也遮挡不了你的国色天香！

乙：好嘛，这马屁拍得，高了高了！

甲：亲爱的，当我慢慢变老了，你还会像现在一样爱我吗？

乙：不管什么时候我都会像现在这么爱你。你知道吗？我最喜欢老东西了，你看那古董不都是越老越值钱嘛！

甲：送你两个大字。

乙：真棒。

甲：鸽吻。

乙：什么意思？

甲：你这么回答准得跪搓衣板！你可以这么说，越是经历了风霜才越有颜色才越好看！

乙：这回答还挺有诗意！

甲：亲爱的，今天我吃药的时候看到一个视频还挺搞笑。

乙：什么视频？

甲：你都不问我为什么吃药！

乙：哎呀，你为什么去吃药呢？

甲：我不告诉你，哼！一点儿都不关心我，咱们分手吧！气死我了，一会儿看我怎么揍王宏利。

乙：你揍他干吗？

甲：活该你单身，这会儿你应该问她为什么生气！

乙：哎呀，这也太不讲理了！

甲：谈恋爱讲的是理吗？谈恋爱讲的是情，是爱！咱们继续。亲爱的，可以问你个问题吗？

乙：可以吗？

甲：你问谁呢？

乙：可以！

甲：如果你亲我一下，能得到一百块，亲世界上最性感最美的女人一下，你能得到一千块，你现在会有多少钱？

乙：亲爱的，你是知道的，我只爱你，会为你守身如玉，不会亲其他人的。所以我现在有一百块。

甲：错！

乙：一千块？

甲：大错特错！

乙：那我应该怎么说呀？

甲：那我现在一定拥有一千一百块。亲爱的，因为你就是世界上最性感最美的女人哪！亲爱的，可以再问你个问题吗？

乙：不能！

甲：那我也问！你说杨幂、迪丽热巴、柳岩谁最漂亮？

乙：为什么没有你的名字？

甲：开窍了！那你说杨幂、迪丽热巴、柳岩和我谁最漂亮？

乙：肯定是杨幂！

甲：我弄死你！

乙：开个玩笑，当然是你最漂亮！

甲：那我和你的前女友谁最漂亮？

乙：我没有前女友！

甲：不对！你要是一个女朋友都没谈过，说明你太失败了！

乙：我的前任，她怎么能跟你比？她化了妆都没你化成灰漂亮！

甲：错！你这么黑人家说明你是个薄情寡义的人！

乙：她的美丽只是我的过去，你的美好却是我的未来。

甲：（打）

乙：你最漂亮。

甲：（打）

乙：你……

甲：（打）

乙：（张嘴）

甲：（打）

乙：我什么都没说也打？

甲：说了也不对！首先，你要明白她为什么要问这个问题！

乙：为什么问呢？

甲：因为她想知道，她的优势是什么。你对前任的态度是不是会威胁到她，所以你应该这么说：你的漂亮中带着可爱又很独特，你美丽又单纯，还有点儿小小的邪恶，让我想时时刻刻保护你！

乙：我的妈呀！谈个恋爱怎么这么烧脑哇！

甲：所以说你还得跟我好好学。

乙：我好好学！

甲：认真学。

乙：认真学！

甲：刻苦学。

乙：刻苦学！

甲：只要你跟着我学，不出半年……

乙：我就成恋爱大师了！

甲：把你打成白痴了！

乙：不学了。

相声《老爸学直播》

作者：石磊

甲：你怎么愁眉苦脸的？

乙：别提了。哎！问你个事。

甲：你说。

乙：这事我还不好意思问出口。

甲：咱们这关系，你有什么害羞的？

乙：那我可问了。

甲：嗯，你说。

乙：你有几个爸爸？

甲：我有……我就一个爸爸！怎么着，你爸爸成群结队的？

乙：没有！我就是想问，你爸爸比你大吧？

甲：废话，你爸爸比你小哇？！

乙：嗯，你说对了。

甲：等会儿，你爸爸岁数比你小？

乙：不，他岁数比我大，可是这心态比我年轻多了。这不最近想学直播，让我帮他找个老师。

甲：这还找什么老师呀？我来呀，我教老爷子。

乙：哦，你会直播？

甲：不会！

乙：那你怎么教？

甲：我看得多呀，我，就是传说中的榜一大哥。

乙：我看你不像榜一大哥？

甲：那我是？

乙：人傻钱多。

甲：像话吗？我真能教。

乙：那你说说怎么教？

甲：咱们表演一下。

乙：行，你说怎么表演呢？

甲：我当老师。

乙：那我当学生。

甲：不，你当你爸爸！

乙：你让大伙儿听听这是人话吗？

甲：你最了解你爸爸了，你就按照你爸爸的习惯来给我当学生，你看我能不能教会他。

乙：明白了，那咱们试试。你就是我儿子的搭档吧，你别管我叫爹，叫我叔叔就行。

甲：好，我先吃个亏。叔叔，首先来说，你要想直播火，得会说话。

乙：我又不是哑巴！能不会说话吗？

甲：你得会说直播圈的话。

乙：你举个例子。

甲：主播管直播间的朋友叫老铁、家人或者宝宝，要是再真诚一点儿也可以喊爸爸！

乙：你等会儿，喊爸爸？

甲：对呀！"粉丝"是主播的衣食父母，没有他们的支持和打赏，主播就没有收入，尤其在"粉丝"送出礼物之后，得叫得更热情，叫得仿佛亲爹都没"粉丝"亲。

乙：太下本了！

甲：还有好多顺口溜儿得会，比如说："十年修得同船渡，大家一起点关注。百年修得共枕眠，点点红心不要钱。三分喜欢点关注，七分喜欢刷礼物,这个情到深处开守护。红心刷一刷,能活八十八;礼物走一走,能活九十九!"

乙:要光这么说直播也不是难事。

甲:你试试?

乙:怎么试?

甲:先得给你捯饬捯饬。

乙:给我捯饬?

甲:行了,开始吧!

乙:这就开始啦?那我说什么呀?

甲:就刚才教你那顺口溜儿就行。

乙:十年修得同船渡……

甲:声音再嗲一点儿,再细点儿,再……

乙:我来不了……

甲:那这样,你等我搬把椅子去。

乙:搬椅子干吗?

甲:我在后边怎么说你在前边怎么演。

乙:行,一会儿你听我的信号,我一拍手就是准备好了。

甲:行。欢迎来到直播间的各位宝宝!来,没点关注的把关注点一下,关注主播不迷路,让你变美又变富;茫茫人海遇见你,点个关注最爱你。谢谢,谢谢小哥哥送来的小心心,感谢榜二大哥送来的跑车,爱你哟!啊!感谢榜一大哥送来的大火箭……

乙:(表演)你出来吧,你往这下蛋来啦,咯咯哒咯咯哒。我一个大老头子弄不了这个,有没有男主播?你来一个。

甲:有哇,那这次咱们来个男主播的。

乙:早来这个多好。

甲:苍天哪,大地呀,我这是造了什么孽呀!上帝不但锁上了我的门,还封上了我的窗。我是走投无路才向大家求助的,希望大家能可怜

可怜我，伸出你们慈爱的双手，帮帮我吧！我的老父亲，出了车祸，肇事司机不但没把我的老父亲送到医院，还开着四十八轮的大货车碾轧过他老人家的身体……我的老母亲受到刺激之后也一命呜呼，哪位好心人可怜可怜我吧……

乙：活不了了，这都什么乱七八糟的，就没有个正常点儿的主播吗？

甲：怎么没有哇，还有才艺主播，就是给大家唱歌跳舞。

乙：这个好，就来这个。

甲：她，是绵绵一段乐章

多想有谁懂得吟唱

她有满满一目柔光

只等只等有人为之绽放

来啊流浪啊反正有大把方向

来啊造作啊反正有大把风光

越慌越想越慌越痒越搔越痒

越慌越想越慌越痒越搔越痒

越慌越想越慌越痒越搔越痒

你这是演的野猪蹭树吗？

乙：这能怪我吗？你就不会个正经的？干脆我也不用你了。我展示自己的才艺，打快板！

甲：行啊，那你就打快板。

乙：（打板）

甲：光打不行，你也得唱两句。

乙：唱什么呀，我刚才不是说了吗？我会打快板，可没说过我会唱。

甲：那成吧，我在后边唱，你在前边演。现在咱们常说：这么近那么美，周末到河北。我就向大家介绍一下咱们大保定，唱唱咱们保定的美景美食，废话少说，打板就唱。

说保定，唱保定，

美食美景人称颂。

满城汉墓，地道战，

野三坡阜平白洋淀。

狼牙山，十三陵，

古莲花池宛虹亭。

总督署，庆都山，

谁来都会拍照片。

顺平的桃，阜平的枣，

铁球面酱春不老。

驴肉火烧夹板肠，

牛肉罩饼美名扬。

这么近，那么美，欢迎周末到河北，

甲、乙：俺们保定着实得（děi）。

花唱绕口令

志愿服务演出

勤能补拙,天大如天。

闫亚伟简介

闫亚伟，1981年9月出生于河北省无极县，2022年入选中青年文艺人才"燕赵秀林计划"。河北省曲艺家协会会员，河北省石家庄市曲艺家协会副主席，石家庄春兴社相声演员，明博相声沙龙发起人。原创相声作品有《谁的儿子》《桥》《垃圾分类利千秋》《石家庄连连看》《我为家乡代言》等。2019年创作表演的相声《谁的儿子》，获第十届北京青年相声节新作品比赛三等奖，第三届全国曲艺小剧场作品研讨会优秀作品奖，"中华颂长丰杯"第十届全国小戏小品曲艺大展优秀作品奖。这段相声是反映子女教育问题的，两代人教育孩子的理念、方法、习惯、语言等都存在一定的反差，通过这种反差组织笑料，引起很多观众的共鸣。

2019年12月，闫亚伟到天津艺术职业学院举办的第二期中国相声非遗传承人群研培计划培训班全面系统地学习相声，向京津两地相声前辈同人请教学艺。先后得到了相声名家田立禾、王文玉、赵福玉、孙晨等相声名家的指导。2020年，闫亚伟回到石家庄后，结合当今社会热点创作表演了以垃圾分类为主题的相声《垃圾分类利千秋》。经过半年多的打磨，他带着这段相声参加了中国曲艺家协会举办的第十二期全国曲艺创作高级研修班。

2021年3月，为庆祝中国共产党成立100周年，闫亚伟创作演出相声《桥》，获得石家庄市文联，石家庄市曲协举办的"永远跟党走"庆祝中国共产党成立100周年曲艺作品征文展演活动表演一等奖。

相声《大事小事》

作者：闫亚伟

甲：您在这演出呢？

乙：对呀！

甲：谁给的您这机会呀？

乙：亲爱的观众朋友们。

甲：您经常演出吗？

乙：经常演。

甲：哎呀！

乙：怎么一惊一乍的？

甲：我太羡慕您了。

乙：羡慕我？

甲：羡慕得简直有点儿……有点儿嫉妒。

乙：好嘛，离恨不远了。您羡慕我什么呀？

甲：羡慕您机会多呀，这么多人喜欢您，比我强多了，我从小就不招人待见，没人给机会。

乙：小时候怎么了？

甲：小时候上学，那么多小朋友的作业老师都收了，唯独不收我的，不给机会交作业，你说这……

乙：为什么唯独不收你的呢？

甲：老师找事呗，说我迟到了。您说8点29分到校算迟到吗？

乙：那不算，你们8点30分上课？

甲：不，8点。

乙：啊！那还不算哪？都迟到半小时了。

甲：唉，你这人说话怎么没准儿哪，一会儿算一会儿不算的。

乙：谁让你不把话说清楚呢！

甲：打那时候起我就立志做一个出人头地的人，一定要做几件大事给你们看看，让所有人都给我——哼哼！

乙：干什么？

甲：鞠躬。

乙：鞠躬啊？您别着急，早晚会有这么一天。

甲：真的？

乙：向遗体告别的时候，大家都给你鞠躬。

甲：唉，我与你无冤无仇，为何诅咒于我？

乙：呦，还转上文了。我问问你，你打算做什么大事？

甲：我想让世界和平，人间再无战火。

乙：这谁都希望。

甲：我要当一名谈判专家，哪里再起纠纷我就去游说，凭我的三寸不烂之舌让双方暂息雷霆之火，听说东欧那边不太安宁。

乙：是。

甲：我去给他们平事怎么样。

乙：好呀！

甲：可惜，有人不给机会呀！

乙：谁？

甲：出租车司机。

乙：出租车司机？

甲：对啊，那天我打了个车，刚坐稳，出租车司机问我："先生您到哪儿呀？"

乙：你怎么说？

甲："东——欧——"当时把他给镇住了。

乙：后来呢？

甲：后来他把我拉到东二环，殴了一顿。

乙：好，这回真成"东殴"了。

甲：又取笑我。

乙：废话，有坐出租车去东欧的吗？你呀，说的这些事都太大了，另外你得务实呀，干点儿实事儿。

甲：我是想干实事儿啊，可是小丽又不给机会，她给我找麻烦，影响我心情，你说这不是难为人吗？

乙：小丽是谁？

甲：小丽是谁你都不知道？没看过那个广告吗？一拿电话"喂，小丽呀"。

乙：好嘛！这广告也太老了。

甲：别管广告老不老，我这么一说你就该知道小丽是我女朋友。

乙：那小丽怎么不给你机会了？

甲：她嫌弃我，要与我分手，说我不洗衣服不洗澡，鞋和袜子满地跑。不拖地不做饭，抽烟喝酒全都干。不攒钱不买车，住的房子像鸡窝。不学习不吃苦，说话像个二百五。

乙：好，小丽是唱数来宝的。

甲：你说多气人，没想到她也不给我机会。

乙：谁让你这么懒散的，最起码你得洗澡换衣服哇，时间长了不味儿得慌吗？

甲：这不都是小事嘛！

乙：小事你也得做呀！

甲：我哪有那么多时间哪？

乙：你的时间都干吗去了？

甲：办大事呀！

乙：你都办什么大事了？

与杨延明在河北省群众艺术馆演出

甲：他们都不给我机会，所以想办没办成呢！

乙：那你想办什么大事？

甲：我想办的大事说出来让世界都震惊。

乙：不至于，你就说什么大事吧。

甲：我告诉你，你可别告诉别人。（凑到乙耳朵旁）

乙：别嘀咕，大大方方地说。

甲：我想啊，给珠穆朗玛峰装电梯。

乙：啊？！

甲：到时候人们上去看风景，一按钮就上去了。

乙：然后给长城贴瓷砖，给太阳安开关是不是？

甲：不是。

乙：那是？

甲：给太平洋加盖子。

乙：你呀，这叫异想天开，好高骛远，人家当笑话讲的事你怎么能当真呢？我劝你，脚踏实地从一件件小事做起，把一件件小事做好了自然就成大事了。

甲：你说得轻巧，哪有这样的人呢？

乙：有啊，咱们石家庄就有一位。

甲：谁？

乙：这个人他姓王。

甲：口袋里装着两块糖，这是个字谜呀！谜底是金字。我六岁就会这个。

乙：捣什么乱哪，我说的这个人他姓王，叫王汝春。

甲：没听说过，你给介绍介绍。

乙：王汝春，今年七十七岁，被评为2022年度感动省城十大人物。从2014年开始，王汝春把自家的阳台变成了摄影棚，每天对着石家庄的天空拍照，同一地点，同一时段，每天一张，坚持不懈。生病住院，还有老伴儿代为拍照。终于苍天不负有心人，王汝春用近十年拍摄的三千多张石家庄的"天空写真"，形成了一本"天空日记"，制作了一张"石家庄市空气质量变化图"。这张图不仅是王汝春恒心毅力的写照，它更见证了咱们石家庄，污染越来越少，优良天气越来越多的真实过程。这正是：十年一剑老天真，小事最能磨炼人。拍照记录石家庄，感动省城王汝春。

甲：你说的是真的？

乙：那还有假。

甲：没想到做小事也能做出成绩来。

乙：踏踏实实做小事比你那假大空强得多。

甲：其实呀，我也喜欢拍照。

乙：你喜欢到什么程度呢？

甲：每天都咔嚓几张。

乙：每天都咔嚓几张？

甲：对呀，走到哪儿咔嚓到哪儿，看见什么咔嚓什么。我是左咔嚓右咔嚓，上咔嚓下咔嚓，前咔嚓后咔嚓，咔嚓咔嚓——啪嚓。

乙：怎么了？

甲：手机掉地上了。

乙：嘻！那您对着天空拍过吗？

甲：拍过呀！

乙：拍过几张啊？

甲：有个一二三四五六七八百张吧！

乙：好嘛，他没准数。你能像人家王先生那样坚持下去吗？

甲：给你这么说吧，虽然我没有王先生坚持得那么好，但我也是有恒心毅力的，不就是十年嘛，有一件事我都坚持四十多年了。

乙：什么事呀？

甲：吃——饭——

乙：废话。

甲：还有睡觉。

乙：我知道，还有喘气呢。

甲：怎么急了？这不是给你开玩笑嘛。我给你说，王汝春这件事给我启发了，从此以后我也要脚踏实地干小事干实事呀！

乙：要真是这样我尽全力帮助你，你打算干什么呢？

甲：我也拍照哇！

乙：人家干了，你再干就不新鲜了。

甲：没关系，他拍天空，我拍人物。

乙：人物也有人拍了。

甲：我拍人物组合。

乙：怎么个组合法？

甲：比如说吧，拍一个售货员和一个顾客亲切交谈，体现咱们石家庄市场繁荣、公平交易的场景。

乙：这有点儿意思，我来帮你。

甲：还真有你的事。

乙：我怎么着？

甲：我要拍一个司机，你就扮演一个乘客。

乙：这没问题。

甲：那我要拍业主。

乙：我就演保安呗。

甲：我要拍老师。

乙：我就是学生。

甲：我拍经纪人。

乙：我就是明星。

甲：我要拍病号。

乙：我就是医生。

甲：我要拍保洁。

乙：我是扫把星。

甲：我要拍警察。

乙：我是害人精。

甲：我拍饲养员。

乙：我是猫头鹰，你别说了。

接受河北电视台的采访

相声《石家庄连连看》

作者：闫亚伟

甲：听说你去过不少地方？

乙：对，我喜欢旅游，天南海北，只要地球上有的地方我都去。

甲：嚯，也不怕风大闪了舌头，说得也太夸张了。

乙：一点儿都不夸张。

甲：爱琴海去过吗？

乙：去过，在希腊。

甲：凯旋门去过吗？

乙：去过，在巴黎。

甲：金字塔去过吗？

乙：去过，在埃及。

甲：马尔代夫去过吗？

乙：去过，在省二院。

甲：省二院？

乙：你不知道呀，就和平路九中街交叉口，省二院哪！

甲：那马尔代夫？

乙：马耳大夫吗，姓马，耳鼻喉科的大夫，那可是专家号，一般不好见。

甲：好嘛！这位，用一句文言文形容——

乙：怎么说？

甲：缺魂了吊。

乙：这是文言文吗？

甲：废话，马尔代夫是省二院的吗？还姓马的耳鼻喉科大夫。这都像话吗？马尔代夫那是世界著名的旅游胜地。

乙：哦，你说那个马尔代夫哇！那我去过去过，在南亚对不对？

甲：你还真去过？我再说一个你肯定没去过。

乙：哪儿？

甲：石——家——庄——哼哼，没去过吧？

乙：啊？

甲：又称为国际庄，被网友评为幸福感最强的城市。哦，没去过，没去过。

乙：你让大伙儿看看，我俩谁缺魂了吊哇？怎么了你，要疯啊？

甲：你没去过石家庄啊？

乙：大伙儿听听，他说的是人话吗？还我没去过石家庄，告诉你，我去过。

甲：石家庄在哪儿？

乙：在哪儿？在我脚下，我生在石家庄，长在石家庄，学习工作、娶妻生子都没离开过石家庄，您别看我去过那么多地方，最爱的就是石家庄！

甲：这么说你对石家庄很熟悉。

乙：那当然了。

甲：有一个地方叫八匹马，你知道吗？

乙：太知道了，顺着裕华路往东走，一到开发区，就看见八匹马了。

甲：对，八匹马，栩栩如生，这是一个标志性的雕塑。

乙：对。

甲：除了马还有牛。

乙：牛？

甲：牛养大了可以耕田，但是大了吧又不好上山，于是，人们把小牛犊抱上山去，养大耕田。

乙：你说的是抱犊寨吧？

甲：对，抱犊寨。

乙：你不是说八匹马吗？

甲：说到马想起牛来了。

乙：别掺一块儿说呀！

甲：抱犊寨在石家庄鹿泉区。

乙：对。

甲：没事了我就喜欢去那儿爬山。

乙：好多人都喜欢去。

甲：那么多的台阶，边爬山边欣赏美景。有时候实在累了，就在路边"芭比Q"。

乙：摔死了？

甲：你怎么咒我呀？

乙：什么叫"芭比Q"啊？

甲：你看他就是什么都不懂。芭比Q，烧烤，羊肉串，大腰子。

乙：那叫BBQ，还芭比Q，我以为你玩完了呢！再说了，抱犊寨上也不让烧烤哇！

甲：谁说不让，我看那么多烤友们，带着炉子、炭，在路边烤呢。"哥们儿，我这孜然忘带了，借我点儿。""没问题，拿吧，辣椒、盐咱这儿都有，需要什么拿什么啊，别客气！""好嘞！"

乙：你说的是抱犊寨吗？

甲：是啊，旁边就是冀字塔吗，卖游泳圈的，卖捞鱼网的可热闹了。

乙：嘿，冀字塔呀，那是岔河，不是抱犊寨。

甲：对，岔河我知道，石家庄的环城水系嘛！

乙：对对对。

甲：绿水青山就是金山银山，岔河不仅是我们的游乐园，更是石家庄的后花园。

乙：不错。

甲：子龙大桥就在岔河上。

乙：是。

甲：我到正定南城门去经常走子龙大桥。

乙：唉，走这儿方便。

甲：关于子龙大桥还有美丽的传说呢！

乙：什么传说呀？

甲：传说（唱）张果老骑驴桥上走，柴王爷推车轧了一道沟吗呀呼嗨。

乙：别唱了。

甲：吓着我了。

乙：吓死你都不多，又串了，你唱的传说那个，那是赵州桥。

甲：对呀，我说的就是赵州桥。

乙：你不是说子龙大桥吗？

甲：不，赵州桥，赵州桥距今一千四百多年，那是石家庄的名片，石家庄的骄傲。当然了，关于赵州桥的传说和典故有很多，有人说是李春设计制作的，有人说是鲁班修的。

乙：都这么说。

甲：接下来我就揭秘一下，赵州桥到底是谁修的。

乙：哦，您知道？

甲：当然了。

乙：谁？

甲：他姓赵。

乙：赵？

甲：赵州桥吗？

乙：哦，赵州桥就得是姓赵的人修的？

甲：对呀，要不怎么不叫赵州桥哇？

乙：那是谁修的呢？

甲：此人史称"南越武王""南下干部第一人"赵佗。

乙：啊？赵州桥是赵佗修的？您是闭着眼睛放炮。

甲：怎么讲？

乙：胡崩啊。赵州桥是隋朝的李春设计修建的。

甲：赵州桥就是赵佗修的，赵佗公墓还在赵州桥旁边呢！

乙：别说了，赵佗公墓在赵佗公园。

甲：对对对，我在赵佗公园划过船，一上岸就是石家庄人民会堂。

乙：那是长安公园。

甲：我在长安公园的电视塔上观过风景。

乙：那是世纪公园。

甲：世纪公园原来是老动物园。

乙：那是裕西公园。

甲：我在裕西公园旁边的石家庄大剧院看过话剧。

乙：那是体育公园。

甲：我在体育公园荡过秋千，荡得太高，把飞机撞散架了。

乙：那是，那是做梦呢。哎呀！我说你是干什么的？我劝你，赶紧离开石家庄，要不容易引起民愤知道吗？

甲：怎么了？

乙：你是干什么的？

甲：我是专门研究石家庄的呀！

乙：哎哟，那就研究个稀碎呀？就你这水平连三岁小孩都比不了。

甲：你什么意思呀？

乙：我看你对石家庄一点儿都不了解。

甲：这么说你了解？

乙：反正比你强。

甲：那我考考你。

乙：你问吧。

甲：石家庄有多大面积？

乙：市区面积2206平方公里。

甲：石家庄有多少县市？

乙：八个区，十一个县，代管三个县级市。

甲：石家庄有几条大街？

乙：有……

甲：几条小路？有多少小区？

乙：有……

甲：石家庄有多少人？

乙：有……

甲：多少男的多少女的？

乙：有……

甲：有多少晚上不睡觉刷手机的？睡着了有多少说梦话的？多少打呼噜的？是大呼噜，小呼噜，还是带花的呼噜，你都知道吗你？

乙：废话，我知道这个干吗？

甲：你不是熟悉石家庄吗？

乙：没有问这种问题的，这么问谁都答不上来。

甲：我就能答上来。

乙：那我问你，石家庄有多少人？

甲：常住人口1100万人。

乙：多少男的多少女的？

甲：除了男的就是女的。

乙：那睡着了多少说梦话的，多少打呼噜的，是大呼噜，小呼噜还是带花的呼噜？

甲：这个问题最好答。

乙：多少？

甲：你挨家问去。

乙：去你的吧！

相声《颂河北赞家乡》

作者：闫亚伟

甲：请问，您代言了吗？

乙：我又不做饭，带什么盐呢？

甲：那您上传了吗？

乙：我是陆地动物，晕船。

甲：您玩完了吗？不是，您解馋了吗？

乙：你是不是发烧了，怎么净说胡话呀！

甲：您别误会，前不久我参加了一个活动，叫"我为家乡代言"。

乙：哦，这么个"代言"，那怎么还"上船"呢？

甲：上传个人信息，等待审核呀！

乙：那"解馋"？

甲：活动现场有好多特色美食，游客可以免费品尝，有几个外国人吃完了都竖大拇指"OK，太好吃了，真解馋"。（擦嘴）

乙：行啦，你就别学人家了。

甲：主要是通过这次活动我对咱们河北有了更多的认识。

乙：是吗？

甲：真是不学不知道，一学激动得不得了。作为一个河北人我感到无比自豪，我真的，我激动，我，啊——

乙：干吗呢？

甲：河北，燕赵大地，你是被人们低估的宝藏；啊——河北，冀中平原，生我养我的地方；河北的山，河北的水，河北的姑娘长得美，河北的水，河北的山，河北的小伙不一般。

与祝雪松参加石家庄市第二届曲艺大赛

乙：后边这词也太水了。

甲：你别管词水不水，要的是对家乡的感情。

乙：合着你把感情都放到姑娘小伙子身上了。

甲：年轻人是家乡的未来和希望，我把感情放到姑娘小伙子身上有什么不对呢？再说了，"我为家乡代言"大多数的参与者都是姑娘和小伙子。

乙：真的？

甲：当然是真的了。

乙：哎，我问问你，小伙子们都有对象了吗？

甲：你管得着吗，你想干什么？

乙：我能干什么呀，我妹妹不是没结婚呢吗？在这些"带着盐"的人里看看有没有合适的。

甲：什么叫"带着盐"的人哪，那叫代言人。

乙：对代言人。

甲：哦，要给你妹妹找对象，你妹妹有什么要求？

乙：她一直想找个有文化有内涵的。

甲：有文化有内涵，有了，我建议你妹妹嫁到邯郸。

乙：嫁到邯郸？

甲：邯郸是我们的文化名城啊，被称为"成语之乡"，据说有上千条成语都和邯郸有关。

乙：都有什么呀？

甲：比如邯郸学步。

乙：有。

甲：负荆请罪。

乙：有。

甲：完璧归赵。

乙：有。

甲：来碗豆沫。

乙：有，没有，卖完了。

甲：那来碗胡辣汤。

乙：哪儿跟哪儿啊，你不是说成语呢吗？

甲：两不耽误，邯郸人早餐最喜欢喝豆沫和胡辣汤了。

乙：你怎么连人家吃什么都知道？

甲：小邯告诉我的。

乙：小邯是谁？

甲：邯郸的代言人，和我们一起参加活动的。

乙：哎，把小邯给我妹妹介绍介绍怎么样？

甲：好呀，小邯说了："我们邯郸最爱喝豆沫，尤其是我儿子，今年才四岁，一顿能喝一大碗呢。"

乙：你等会儿，小邯都有儿子了？

甲：啊。

乙：那你不早说，这不浪费感情吗？

甲：没关系，我再给你妹妹介绍别人。哎，你先说说你妹妹有什么特点。

乙：要说起来，我妹妹还真是一个特别的人，她特别喜欢文艺，尤其是传统艺术，她……

甲：行了别说了，我知道谁合适了。

乙：谁呀？

甲：小唐。

乙：小唐是谁？

甲：小唐老家在唐山，唐山有"冀东三枝花"——评剧、皮影戏、乐亭大鼓。这都是国家级非物质文化遗产哪！小唐有事没事还经常唱两嗓子，什么《花为媒》啦，《杨三姐告状》啦，《鞭打芦花》《闹天宫》张口就来，你妹妹嫁给小唐准错不了。

乙：好哇，赶紧安排他们见面吧！

甲：没问题，等小唐大学一毕业我就安排他们见面。

乙：这小唐还上着学呢？

甲：对呀！

乙：那可不行，我妹妹都三十多了，等不起呀！

甲：等不起就嫁给小张。

乙：小张又是谁？

甲：张家口的代言人。

乙：是单身吗？

甲：单身。

乙：多大了？

甲：也是三十多。

乙：那行。

甲：大好河山张家口，万里长城大境门，张家口是北京冬奥会的举办地。春夏季节，你可以骑上骏马驰骋在坝上草原，感受一下什么叫"风吹草低见牛羊"；到了秋冬季节，这里拥有华北地区最大的天然滑雪场，让你体会不一样的冰雪魅力。

乙：太好了。

甲：嫁不嫁？

乙：嫁。

甲：让你妹妹嫁过去。

乙：让我自己嫁过去。

甲：这叫什么话？

乙：你不知道，我喜欢草原，我妹妹她喜欢大海。

甲：喜欢大海？

乙：对呀！

甲：你早说呀，早说我就给你介绍小秦了。

乙：冒昧地问您一句，这小秦是不是秦皇岛的呀？

甲：哎，你怎么知道的？

乙：废话，你刚才说的小邯、小唐、小张，这不都有规律了吗，干脆你也别说人了，直接介绍家乡得了。

甲：大雨落幽燕，白浪滔天，秦皇岛外打鱼船。一片汪洋都不见，知向谁边？

乙：这是毛主席的词。

甲：秦皇岛被称为港城，优美的海滨风光，每年吸引大量游客来享受阳光、沙滩和海浪，是游客首选的避暑胜地，你妹妹嫁过去还可以天天吃海鲜。

乙：你先等会儿吧，刚才你说秦皇岛是避暑胜地？

甲：对呀！

乙：告诉你，我小承不服。

甲：哟，你怎么成小承了？

乙：因为我是承德人。

甲：哦，你是承德人？

乙：对呀，要不我的普通话这么标准呢，当年普通话语音采集地就是我们承德滦平县，哈哈哈！

甲：你要起飞呀？你嘚瑟什么呀！

乙：不是嘚瑟，刚才你说到避暑胜地，我就不得不拦你了。

甲：怎么了？

乙：谁不知道承德有个避暑山庄啊！过去可是皇上去的地方，冬暖夏凉，天然空调哇！游客到了这里，喝羊汤，品山庄老酒，山庄老酒可是……

甲：我衡水表示不服。

乙：哟！

甲：提到酒，还是我衡水老白干，1915年巴拿马万国博览会可是获过"甲等金奖",酿造历史达到两千多年。再说了,衡水的教育也好哇,衡水中学被称为"清华北大的摇篮"。

乙:我保定表示不服,说到教育,保定军校是中国近代史第一所正规陆军军校,你是"清华北大的摇篮",我们是"将军的摇篮"。

甲:我沧州表示不服……嗯,驴肉火烧我们才是正宗。

乙:我保定的驴肉火烧是圆的。

甲:我沧州是方的。

乙:做事要圆圆满满。

甲:做人要方方正正。

乙:我们的驴肉是卤味的。

甲:我们的驴肉是酱香的。

乙:我们火烧是热的驴肉是热的,吃起来热热乎乎。啊,暖心呀!

甲:我们火烧是热的,驴肉是冷的,吃起来冷热结合。嗯,舒服哇!

乙:我们的火烧不仅夹驴肉,还有焖子和尖椒,有菜有肉,荤素搭配,营养均衡,回味无穷。

甲:我们,我,我廊坊表示不服。

乙:嗯?有你廊坊什么事?

甲:别以为就你们俩地方有驴肉火烧,我廊坊也不少,而且在我们这明显驴肉火烧干不过香河肉饼啊,嘿嘿嘿嘿嘿!

乙:你牙疼啊?!

甲:当年乾隆皇帝微服私访,吃了香河肉饼那是赞不绝口呀,马上就写了一首诗:"香河有奇饼,老妪技艺新,此店一餐毕,忘却天下珍。"

乙:看把你能的,廊坊还有什么?

甲:廊坊被称为"京津走廊上的明珠",自古以来就是家必争之地,战国时期的燕赵争霸就发生在……

乙:我邢台表示不服。

甲:邢台怎么啦?

乙：谁都知道邢台才是兵家必争之地，历史上有名的"巨鹿之战"就在邢台，项羽"破釜沉舟"的故事彰显了强大的军事智慧。

甲：哈哈哈，终于到我了。

乙：你是谁？

甲：我是省会石家庄，我听到"军事智慧"这四个字心里痒痒，接下来这句话我说完之后大家肯定啪啪地鼓掌。

乙：你要说什么？

甲："三大战役"的指挥部就在我们西柏坡。

乙：对。

甲：新中国从这里走来，赶考路从这里启程。

乙：我表示不服，咱不是给我妹妹找对象吗？怎么咱俩先打起来了。

甲：找对象的事好办，改天让你妹妹也参加"我为家乡代言"活动，那么多好小伙，过来挑不就行了。

乙：那行，下次也让我妹妹代言，上传，解馋。

甲：其实呀，刚才说了那么多，有一样还没说。

乙：什么呀？

甲：河北有很多的民歌。

乙：你给唱一首怎么样？

甲：好哇，今天大家都挺高兴的，为了应景，我给大家唱一段《小白菜》。

乙：好。

甲：（唱）小白菜啊，地里黄啊，两三岁啊，没了娘啊，跟着爹爹……

乙：（哭）别唱了，这也太悲了。

甲：换一个，唱一个欢快的。

乙：对，大家都这么高兴，来一个欢快的。

甲：（唱）赵州桥是什么人来修，玉石栏杆是什么人留，什么人骑驴桥上走，什么人推车轧了一道沟吗呀呼嘿！

乙：行了别唱了，我们听歌是为了放松，你老问我问题干吗呀？

甲：你什么都不懂，这是河北民歌《小放牛》通过一问一答传播河北的文化。

乙：有那种欢快活泼，不用回答问题的吗？

甲：有哇，河北民歌《回娘家》。

乙：你来来这个。

甲：（唱）身穿大红袄，头戴一枝花，胭脂和香粉她的脸上擦，左手一只鸡，右手一只鸭，身后还背着一个胖娃娃呀，咿呀咿嘚儿呦！

乙：好，这首歌还真不错。

甲：加上舞蹈动作就更好看了。

乙：那你再来来。

甲：来来啊。（唱）身穿大红袄，头戴一枝花……

乙：等一会儿，你这是干吗呢？

甲：舞蹈动作，身穿大红袄哇！

乙：我还以为你洗澡来了呢！

甲：（唱）身穿大红袄，头戴一枝花，胭脂和香粉她的脸上擦，左手一只鸡，右手一只鸭，身后背着一个……胖娃娃呀，咿呀咿嘚呦……

乙：你这是回娘家？

甲：我这是大背挎。

乙：去你的吧。

与田杰在秀林剧院表演相声《我为家乡代言》

在雄安新区表演快板《看病》

言顾行,行顾言。

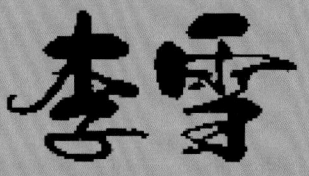

李雪简介

　　李雪，河北河间市人，现为河北省文联兼职副主席、河北省曲艺家协会副主席。入选中青年文艺人才"燕赵秀林计划"，非物质文化遗产西河大鼓代表性传承人。近年来，她编唱了《反腐倡廉顺民心》《打起鼓板唱河间》《看棉花》等新唱段，把党的好声音送到了田间地头。

　　李雪出生在一个曲艺世家，外公张金贵是西河大鼓朱派第三代传人，母亲张领娣是西河大鼓赵派第四代传人。李雪在两位长辈的熏陶下也早早地走进了西河大鼓的艺术殿堂，她六岁起就开始跟随外公学习西河大鼓，后又拜西河大鼓名家宋玉娥潜心学艺。

　　李雪小时候看到母亲练习西河大鼓，觉得敲敲打打好玩，加上母亲唱得又好听，所以李雪从小就是个西河大鼓迷，月牙板、架子鼓和三弦都成了她儿时的玩伴。

　　母亲每练一个新段子，李雪就在旁边跟着学，母亲学会了，李雪也学会了。外公说李雪有天赋，所以自六岁起，李雪便跟随外公学习西河大鼓演唱艺术。

　　跟着母亲去各地演出，母亲在前台表演，李雪在后台唱，常引来不少观众说她"比妈妈唱得还好"，李雪更爱好西河大鼓了，特别想登上舞台。有时候母亲不在家，她偷偷穿上母亲的演出服，因为演出服很长、鼓也很高，她就踩到小凳子上，有模有样地模仿母亲在台上表演的样子。

　　上学后，李雪的时间变得紧张起来，西河大鼓的学习就由母亲指导。为了练好十三道辙口、吐字发音基本功，每到周末，李雪就对着镜子练手势、嘴形，一练就是半天。为了练绕口令，她常常练得舌头都打不过弯儿来，气息也不够用。

　　十三岁时，在河间市举办的"少儿才艺大赛"中，李雪凭借西河大鼓《狸花猫》登上了梦寐以求的舞台，并获得"最佳才艺奖"。

　　李雪爱西河大鼓爱到痴迷，从小到大走路唱、骑车唱，说梦话也会情不自禁地唱起来。上学时，她把课文唱成西河大鼓，老师说她就是一只"小百灵鸟"。

　　拳不离手，曲不离口。如今的李雪依然每天练习一个小时的唱功。除了自己练，她还带着儿子钟一玮一起学。

　　除了学习表演经典唱段，李雪还编排新段子。为了练好新段子，唱腔排完初版后，她把自己唱的录下来，静静地听，一边听一边琢磨，哪里不满意记下来，再听再改，自己解决不了的就跟母亲和弦师王维青老师探讨。经过多次修改、反复练习，直到三人完全满意为止。唱腔满意了，接下来还得背词、和弦。李雪每天从早晨八点开始练，一直到肚子咕咕叫，才想起没吃饭，此时已经到了下午两三点钟。有时晚上，他们也排练到很晚。

李雪也曾将西河大鼓带进河间市第三实验小学，后来又陆续走进沧州市车站小学、广电百佳艺术学校以及旅游公司等单位。

令李雪自豪的是，自2011年以来，她和母亲已培养传承人两百余人。母女俩坚持利用周末时间免费传授西河大鼓，寒暑假期间也会连续授课。

现在的年轻人对传统曲艺感兴趣的不是很多，李雪希望能走进更多的校园，毫无保留地将西河大鼓传授给孩子们。她更希望"不仅要让非遗进校园，还要让非遗走出校园"。她想租个场地，组织成立一个"西河大鼓展示园"，让那些老艺人、学生有一个固定场所演出和教学，吸引更多的人喜欢西河大鼓，传播传承西河大鼓。

2014年秋，由著名评书表演艺术家刘兰芳题名的"中国河间西河书会"在河间隆重召开，李雪义不容辞地投入西河书会的各项组织、接待以及创作表演之中。《实事求是》《我的河间我的家》《身躯作笔写太行》《最瀛洲》《我是西河传承人》等一系列原创佳作在李雪精湛的表演中亮相于舞台。

2016年，李雪加入了河间市文化旅游有限责任公司。她一进入公司便深深地感受到了古城河间厚重的历史和灿烂的文化，决心把河间的文化旅游与西河古曲相结合，让其绽放新的光彩。她先后创作并演唱了《钟灵毓秀美河间》《大运河·新画卷》《打起鼓板唱河间》等作品，不仅在河间的舞台上大放异彩，还将文化旅游西河大鼓这一组合带到了北京、天津、山东、山西、浙江、内蒙古等地，在各种盛会上一展文化旅游西河大鼓的风采。媒体多次报道其事迹，可以说是唱出了河北，唱到了全国。

李雪创作并演出了一大批贴近群众生活、紧密联系实际的好作品，如《党的声音进万家》《消防安全人人记》《网络文明一齐唱》以及关于移风易俗拒绝高价彩礼的《喜事新风》等西河大鼓新唱段，为当地的文化宣传事业做出了突出的贡献。由李雪演唱的西河大鼓新唱段《看棉花》荣获第十三届河北省文艺振兴奖，并在第四届京津冀曲艺邀请赛上荣获"最佳表演奖"。2019年5月，李雪被授予"河北省劳动模范"称号。

李雪说："'历史文化是城市的灵魂，要像爱惜自己的生命一样，保护好非物质文化遗产。'我为自己是一名传承者而骄傲，传承西河大鼓是我的使命。"

西河大鼓《春满中华》

作者：李雪

春季到来瑞气升
春色绚丽百花红
我打起古板把春景唱
春潮澎湃满春胸
有道是人勤春来早
神州大地春意浓
春日灿灿人心暖
春霞朵朵透云层
春云舒展春姿美
春露如珠亮晶晶
春风吹过千顷绿
春雨滋润万花红
一条条春畦春苗绿
一面面春风春草青
一簇簇春兰春香放
一朵朵春花笑春风
一对对春燕戏春柳
一只只春鸟啄春虫
春泉咕咕春歌唱
小河潺潺似春龙
春谷踏青游春野

2022年9月在戏曲沙龙厅开展西河大鼓教学活动

2022年10月在戏曲沙龙厅开展西河大鼓教学活动

春笛横吹是牧童

喜春的老人遛春早

争春的小伙儿忙春耕

春景如画春光美

比不上共产党

似春雨化春风温暖滋润万人胸

多少人喜乘春风去奋进

多少人扬起春帆奔前程

白衣战士救死扶伤责任重

妙手回春春又生

园丁辛勤育春圃

春苗茁壮念春情

唱不尽，各条战线春花献

再看祖国春浪腾

党的二十大精神春风暖

春潮滚滚催人行

一声声春号万民奋

一支支春曲四海听

一阵阵乾坤震荡春雷震

震春山、震春水、震春乡来震春城

春满中华春无限

志在四方春无穷

心向未来春常在

我们要喜春、爱春、争春、为春

让春天永在咱的怀抱中

让春天永在咱的怀抱中

在河间市第一实验小学西河大鼓社团授课

2023年9月在西河大鼓展厅讲解非物质文化遗产知识

西河大鼓《驴肉火烧香满城》

作者：李雪　白根义
表演：李雪

中华美食数不清，
东南西北味不同，
来到京南河间府，
驴肉火烧香满城。
美食之首堪称贵，
黄澄澄、金灿灿光泽诱人美味儿浓。
精工细作手艺巧，
先烙后烤技术精，
精肉精面精手艺，
恰如那玲珑美玉巧雕成。
火烧展开薄如纸，
又香又脆十八层。
火烧拉口夹上肉，
焖子拌肉味道增，
龇牙咧嘴冲你笑，
诱你馋虫往上冲，
驴肉火烧由来远，
历经唐宋元明清。
河间的小吃无其数，
驴肉火烧受皇封，

"蛤蟆吞蜜"乾隆赠，
封"人间极品"那是唐太宗。
南来北往的美食客，
对驴肉火烧有独衷，
如此美味儿吃不到，
枉来河间走一程。
驴肉火烧河间产，
河间城，经营门店数不清，
大街小巷处处有，
门店大小各不同，
著名品牌自己创，
一家更比一家精。
全国门店三万处，
从业人员十万零，
八仙过海神通显，
上河南，下山东，
赴省会来进津京。
火烧门店遍全国，
驴肉火烧传乡情。
名吃拉近亲情路，
驴肉火烧牵红绳，
增友谊，活金融，
强经济，促繁荣，
驴肉产业大发展，
河间经济更兴隆。

在沧州市非遗大运河展馆演唱西河大鼓

参加河间市非遗日展演

2022年12月在西河大鼓展厅为学生讲解非物质文化遗产知识

在河间市第一实验小学西河大鼓社团授课

锲而舍之朽木不折，
锲而不舍金石可镂。

张丽静

张丽静简介

张丽静，石家庄市歌舞团西河大鼓演员，田（荫亭）派西河大鼓第四代传人，入选中青年文艺人才"燕赵秀林计划"。中国曲艺家协会会员，中国曲艺家协会第九次全国代表大会代表，石家庄市政府特殊津贴专家，河北省曲艺家协会主席团委员，石家庄市曲艺家协会副主席兼秘书长。曾获第十三届中国曲艺牡丹奖表演奖提名，第十四届河北省文艺振兴奖。

张丽静出生于戏曲之家，自幼对传统戏曲、曲艺情有独钟，大学期间专修民族声乐，这为她以后的艺术发展打下了良好的基础。先跟随著名弦师高书经学习西河大鼓，后又拜国家级非物质文化遗产代表性传承人伍振英为师，潜心学艺。在继承传统唱段和韵味的同时，不断创新和增加新的元素，她的演唱使人耳目一新。她扎实的基本功和新颖的"新西河"很快就引起了社会的广泛关注。2012年，她创排的西河大鼓《退奖牌》获得中国曲艺牡丹奖新人入围奖，相继又参加了电视剧《大宅门1912》、电影《国宝疑云》等影视剧的拍摄。而后邀约不断，连续为中国河间西河书会创排《河间赞》《玻璃之都河间城》《我的河间我的家》；为中国沧州国际武术节创排《镖不喊沧》《武术郡守》。在中国山东胡集书会演唱《演阵杀姬》《惠风和畅民生之上》。2020年，张丽静获天津电视台《曲苑繁花——鱼龙百戏杯全国曲艺人才展演》总冠军，现场与著名相声名家苗阜签约，成为西安市曲艺团唯一的特约演员。

《曲苑繁花——首届鱼龙百戏杯全国曲艺人才电视展演》由天津广播电视台文艺频道

携手西安曲艺团有限公司联合推出,从全国范围精选的三十二组三十五位曲艺人才参与电视展演,节目涵盖相声、快板、西河大鼓、乐亭大鼓等,经过了三十二进十六、十六进八和八进四等三轮比拼,最终四位选手荣获"四强寻师人"奖牌。

比赛中,张丽静表演的西河大鼓《玲珑塔》《花唱绕口令》《大闹天宫》给观众和评委留下了深刻印象。在才艺展示环节,她表演的魔术《锦上添花》、演唱的民歌同样受到欢迎。

张丽静作为西河大鼓后起之秀,曾入选天津电视台《鱼龙百戏》栏目京津冀传统人才计划名录,为中国河间西河书会连续十一届特约演员,其西河大鼓原创作品有《老舅回乡》《中国桥》《大雄安》《周末游》《河北更上一层楼》《退奖牌》《镖不喊沧》《河间赞》等。

取得这么多成绩,张丽静却认为,她最珍惜和感谢的是西河大鼓的广大听众、观众。西河的根就在广袤的燕赵大地上,能把自己的鼓声敲响在田间地头,唱给最朴实的老百姓,传给下一代的娃娃才是一名曲艺从业者最该做的事情。曲艺进校园、进社区、下基层,到处能看到张丽静的身影,她的《河北更上一层楼》《团结就是力量》《雪如意》等原创作品,既服务了广大观众,又把党的温暖和传统曲艺之声送到千家万户……

张丽静希望以自己的实际行动为西河大鼓的发展带来新鲜血液,让传统曲艺更好地与时代相融合,传递曲艺之声,讲好中国故事。

快板《曲周精神》

作者：张丽静

合：金秋十月瓜果香

万亩良田闪金光

层林尽染如画笔

五谷丰登赞家乡

赞家乡心飞扬

小李、大张和老王

我们不打快板放声唱

唱的是：在希望的田野上

（唱）我们的家乡，在希望的田野上……

王：朋友们掌声够响亮

向您介绍我们家乡

张庄就在邯郸曲周县

驰名中外响当当

再不是：四十五年前的盐碱地

看现在：林茂粮丰产业兴旺

是咱华北地区的大粮仓

张：百姓的腰包个个鼓

尤其是我张志强

主要种植甜玉米

皮薄肉嫩好营养

运销海外到俄罗斯

那老外"啊庆哈拉少，啊庆哈拉少"来夸奖

王：这俩喷嚏打得响

李：叔，他那是俄语

意思是"真棒"！

张：哎……不是咱自吹自擂乱夸张

我就是今年的产量大王

说到此刻我心激动

要感谢我的农业管理专业顾问李玉芳

她是中国农大的研究生

科学管理专业强

从选种，到生长

湿度、温度和土壤

产前、产中和产后

细致规划有担当

产品远销到海外

"中国甜玉米之乡"美名扬

李：感谢张哥来褒奖

分内之事理所应当

曲周实验站来扎根

责任奉献科学为民

"曲周精神"记心上

王：这话说得我心发烫

时光荏苒诉衷肠

四十五年前，曲邑北乡

盐碱浮卤，几成废壤

春天白茫茫

夏季水汪汪

只听人声响

不见粮归仓

老百姓没指望

道不尽的辛酸与悲凉

李：1973年，总理指方向

改碱战役要打响

黄淮海平原黑龙港

重点设在曲周张庄

王：天刚蒙蒙亮亲人进村庄

石元春、辛德惠

中国农业大学的专家院士来到身旁

"战天斗地"号角吹响

设区建站改土给碱风餐露宿雨雪风霜

旱，涝，碱，咸，一步一步来改良

小面积治碱试验是良方

深沟浅井抽咸补淡沟网结合

一举成功声名远扬

张：1989年，世界银行给曲周贷款二千六百一十万

联合国世界粮食计划署援助一批物资也无偿

咱们利用外资大面积治理盐碱地

效果显著彻底改变旧颜换了新装

二十三万亩盐碱地

变成今日的米粮仓

王：改土治碱活动浩浩荡荡

感谢亲人共产党

中国农大与咱百姓心贴心

不畏艰险攻坚克难

参加曲艺送欢乐下基层活动

参加河北省优秀曲艺人才展演

无数可歌可泣的事迹在传扬

李：曲周实验站与农大强强联合插上翅膀

先后走出的石元春、毛达如两位校长

三位院士的名号也是响当当

一百多名教师、五百多位研究生

都是曲周实验站来培养

荣获了二十多个省部级以上的奖项

特别是

获得了国家科技进步特等奖

农业部科技进步奖特等奖

农业部科技进步奖一等奖

被誉为中国农业的"两弹一星"美名扬

王：曲周路径创新驱动曲周精神成就辉煌

2018年曲周被确定为首批创新型试点县

一个园区引领国字号打造新标航

李：一园四区初具规模配套设施已完善

成为周边省市现代农业发展的新风向

张：科技小院全国首创紧抓项目理念至上

大产业助推大发展

万亩双高示范基地谱华章

合：四十五年寒来暑往

四十五年秋收冬藏

四十五年同心协力

四十五年共创辉煌

李：中国农大，将划时代论文写在中国大地上

张：中国农大，将弘扬爱国精神建功立业新时代的号角来吹响

王：中国农大，谱写了一部当代中国知识分子爱国奋斗科学报国壮

参加河北省曲协优秀中青年人才展演

丽诗章

　　合：新时代新征程新理念新梦想

　　　　咱们扎根泥土志在四方

　　　　将动人的曲周故事来传唱

　　　　我们掀起新革命再谱新篇章

　　　　把家乡建设得更兴旺！

　　　　（唱）哎嗨呦嘿呀儿咿儿呦！

　　　　嘿！我们世世代代在这田野上生活，

　　　　为她幸福为她增光，

　　　　为她幸福为她增光！

西河大鼓《戎冠秀》

作者：张丽静

霞光万丈暖太行

鸿雁飞书到家乡

抗美援朝传捷报

下盘松的乡亲们，杀猪宰羊，欢呼雀跃，敲锣打鼓

喜迎荣归故里的好儿郎！

蓝天碧水山花荡

彩绸飞舞笑声扬

戎妈妈，手拿着一双新鞋村口站

望眼欲穿挂肚牵肠

正在这时候

人群中挤出一位青得儿灵，灵得儿青，清清灵灵，灵灵清清

清灵灵的小喜花叫了一声娘

"娘，兰金哥马上就要到了

炮兵连连长

戎马挎长枪

军鞋军装配军帽

气宇又轩昂

胸佩红花归故里

您拿双布鞋为哪桩？"

戎妈妈，抚摸着新鞋刚要把话讲

参加河间西河大鼓书会

在那边来了人称"快嘴儿"的李大光

"喜花,戎婶儿的心思俺来讲

兰金他赤胆忠心国之栋梁

抗美援朝得胜利

打败了美帝国主义野心狼

大部队得胜回家转

为国建功无上荣光

喜鹊枝头唱

好事配成双

父老乡亲都在场

喜花呀，穿上新鞋你俩拜花堂！"

"李大光，你……"

说得喜花臊红了脸

低下头来不搭腔

戎妈妈一旁抿着嘴笑

"大光啊，你可说到我的心坎上

来年再添个小孙孙

我站着睡觉梦都香

只是呀，这双鞋还有一层意

了却我心头事一桩……"

"志愿军回来了……"

雄赳赳气昂昂跨过鸭绿江

保和平为祖国就是保家乡

中华好儿女齐心团结紧

抗美援朝打败美国野心狼

稍息立正敬礼……

"妈妈，我回来了！"

"妈妈，我回来了！"

"妈妈，我们回来了！"

白：那位问了："这么多同志都叫妈妈，哪个才是兰金？这位戎妈妈是谁呀？"却原来，戎妈妈真名戎冠秀，是河北省平山县下盘松村一位普通妇女，她是村民们"豆选"的妇救会会长！早在抗日战争时期，她带领乡亲们拥军支前，做军鞋，缝军装，救伤员，收军粮，带头让儿子报名参军。在她的带领下，下盘松一带出现了父送子、妻送郎、兄弟争先上战场的热潮。子弟兵都亲切地叫她"妈妈"！

戎冠秀，面带笑容细端详

孩子们个个黝黑排列成行

你们英勇杀敌不负众望

快去看看，家中的妻儿兄妹和二老爹娘

说罢人群仔细找

咋不见兰金转回乡？

"妈妈，兰金哥他……为掩护战士，牺牲了……"

啊？！戎冠秀闻听此言如当头一棒

手中鞋啪嗒落在地当央

喜花泣不成声泪如雨下

"娘啊娘啊"哭断肠

白："喜花，别哭！今天是个高兴日子，兰金是我生的，但他是党培养的，战场上哪能不死人，他为保家卫国而死，值得！只是参军时他说想穿娘做的新鞋，我……儿啊，你说得对，漏了脚指头也能打胜仗！娘，为你骄傲！"

最后一尺布，用来缝军装

最后一碗米，用来做军粮

最后的老棉袄，盖在了担架上

最后的亲骨肉，送他上战场……

这就是：

巍巍太行高万丈

英雄儿女志气扬

松柏层层藏傲骨

戎冠秀"子弟兵母亲"美名扬！

以恒心琢艺，以热血传魂。

曹美惠

曹美惠简介

曹美惠，唐山乐亭人，入选中青年文艺人才"燕赵秀林计划"，乐亭大鼓青年演员。十二岁就读于唐山市艺术学院，跟随贾幼然、赵凤兰两位老师学习乐亭大鼓，2018年毕业于河北艺术职业学院戏曲表演系。在校期间曾参加第二十五届金鸡百花奖开幕展演，第四届"南山杯"全国曲艺新人新作展演。2018年获河北省第十二届燕赵群星奖，在求学时期系统学习并掌握了乐亭大鼓演唱及表演技巧。2019年正式拜师于乐亭大鼓第七代传人赵蕊门下，深入学习乐亭大鼓的长篇鼓书表演及创作。

2018年就职于乐亭县文化馆。参加工作后，因其乐亭大鼓的艺术造诣被领导器重，曹美惠多次被派往省市参加鼓曲艺术理论进修与表演学习。多年的求学经历，让她从乐亭大鼓的懵懂爱好者变成了专业的乐亭大鼓艺人。学有所成后她并没有停滞不前，而是加入了当地文化部门开展的传统文化进校园活动，利用所学把传统艺术乐亭大鼓用自己的方式传递给年轻人。2018年至2019年先后到乐亭县综合职业学校、乐亭县税务局教授乐亭大鼓，让更多年轻人了解喜欢这门艺术。

2018年至今，多次组织参加乐亭县文旅局开展的"千场大鼓进百村""激情广场周周演""我们的节日""非遗过大年文化进万家"、迎新春文艺会演、文艺惠民下乡演出等各类文化活动，把乐亭大鼓唱进了美丽乡村，唱进千家万户。

　　曹美惠扎根乡土，以乐亭大鼓为载体，讲家乡人，说家乡事，精心创作多部乐亭大鼓新时代文艺作品。演唱作品《骡车之行》《一线"玫瑰红"》等登上"学习强国"等各大网络平台。她熟练掌握乐亭大鼓《双锁山》《貂蝉进帐》《古城会》《拷红》等多部经典唱段，所学曲目《葛红霞扫北》参加2022年"中国宝丰马街书会第四届传统长篇大书网络擂台赛"荣获三等奖。

　　在乐亭县"非遗过大年文化进万家"庆元宵乐亭大鼓"七进"展播活动中，经评选，二十件优秀作品最终入围展播。其中由曹美惠作词并演唱的乐亭大鼓《小白菜》深受大家好评。

小白菜（乐亭大鼓）

作词：曹美惠　　编曲：赵蕊

演唱：曹美惠　　伴奏：曾晓丰　　导演：叶莉

从前有一个白木匠

膝下无儿一个姑娘

取名就叫"小白菜"

自幼乖巧志刚强

也是小白菜的命不济

十二岁那年就没了娘

爹爹续弦又把亲娶

娶妻"红辣椒"就做了她的后娘

"红辣椒"过门三天就露本相

口蜜腹剑蛇蝎心肠

表面上对这"小白菜"是百般疼爱

背地里打骂凌辱丧天良

在这一天，白木匠外出把活儿干

这个"红辣椒"暗使毒计要陷害姑娘

她把那两吊铜钱塞到"小白菜"的被窝里

又把那两瓢白米倒进泔水缸

撕烂了衣服把发髻扯乱

打翻了家具等着白木匠

木匠回家刚把门进

这个"红辣椒"扯着个破锣嗓子就开了腔

"我说当家的，这个日子没法过了！"

表演乐亭大鼓《小白菜》

快来看看你的好姑娘

这孩子在你面前百般乖巧

离开了你的眼睛她就报复我这后娘

每日里馋懒奸猾不把活儿干

让她做饭，她把米倒进泔水缸

让她放羊，她把那羊群往菜地里赶

你挣的钱，她都偷去往她屋里藏

你都猜不着哇，今天早上，我叫她泼面撒米说她两句

她竟然瞪着眼睛和我嚷嚷

还拿着烧火棍把我打

扯乱了我的头发和衣裳

"红辣椒"还要往下讲

在一旁气坏了白木匠

"当啷啷"一脚踢翻泔水桶

只见缸底都是白米和面浆

又来到"小白菜"的房中找

但只见两吊铜钱就在被窝里面藏

白木匠一见怒冲冲

立时就把"小白菜"喊进房

"小奴才"小小年纪不学好

还敢欺负你后娘

快滚快滚快着滚

滚到后山去放羊

和那羊群同吃住

省得你泼面撒米浪费粮

行说着,把白菜踢出大门外

插上门闩回上房

寒风中白菜她拍打着大门苦苦哀告

眼望着大门紧闭冰冷的墙

走一步哭一声来到后山羊圈

怀抱着山羊泪眼迷茫

从此后,她就与山羊同吃住

树皮树叶做衣裳

这一天老天突降暴风雪

刮倒了羊圈放跑了羊

小白菜顶风雪把羊群找

不料想一头摔下了后山岗

多得了好心的书生将她救

他的名字就叫郑怀阳

将白菜救回自己的家内

精心照顾细疗伤

到后来，他们二人结连理

恩恩爱爱度时光

郑怀阳大比之年去科考

高中爷家状元郎

压下他们且不表

再说说红辣椒和白木匠

自从赶走了小白菜

诸事不顺遭祸殃

不到半年遭天火

全部家产都烧了一个光

白木匠葬身火海丧了命

红辣椒也被烧得满身伤

烟火熏瞎了两只眼

未曾走路扶着墙

只落得沿街去乞讨

饥寒露宿甚凄凉

小白菜得知母落难

四处寻找接回乡

堂前早晚多侍奉

捧茶端水添衣裳

白菜不计前嫌恨

愧煞了红辣椒她后娘

从此后子孝母贤合家乐

幸福美满度时光

以德化怨千古颂

孝女贤德化寒霜

小村丰碑

创作：曹美惠

"十四五"蓝图刚启程

祖国崛起赞群英

农民富足千秋梦

造福子孙万代功

携手同圆中国梦

栉风沐雨带头行

说一回，模范的党支部书记张志勇

他本是县人大代表榜上有名

求真务实一身正气

履职尽责两袖清风

张志勇今年刚刚四十岁

连任村支书已有十二冬

上任后，立志带领村民脱贫致富

改变破旧的村路和村容

为修路八方求助筹钱款

带头捐资又出工

日夜奋战在第一线

终于修得路路通

为脱贫，号召村民种果菜

建起了一排排的温室大棚

请专家，搞培训

科学致富把电充

现如今，"小康村"的牌匾挂墙上

村里的街道焕新容

村中心建起文化广场

臭泥塘变成了荷花坑

灯光球场人攒动

舞蹈队里汇群英

一条条的乡间公路多平整

一排排的温室大棚多威风

村民们个个都把支书赞

我们的书记是英雄

春风化雨人民喜

承担使命志忠诚

乡村沃野展宏志

一条纽带系民情

人民代表人民颂

致富路上的排头兵

《小白菜》演出照

只有完美的铺垫，
才能迎来最绚丽的绽放！

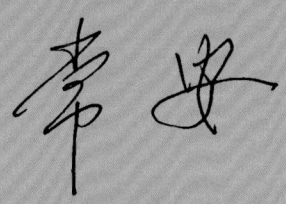

常安简介

常安，相声演员，入选中青年文艺人才"燕赵秀林计划"，师从相声表演艺术家康桂生先生。河北省曲艺家协会会员，唐山市曲艺家协会理事，文化和旅游部非物质文化遗产司传承人群（曲艺相声）研培班学员。

常安自幼喜爱相声，十四岁登台演出。2004年参加河北省晶牛杯推文艺新人大赛，获成人曲艺组十佳铜奖，同年和著名相声表演艺术家康桂生先生结识并确立师徒关系。2005年联系康桂生、赵凤兰、党艺杰、高金枝等多名曲艺表演艺术家，发起"曲艺进校园"活动，在唐山市各大院校演出数十场，反响强烈。

2015年在唐山市春节晚会创作并表演群口化装相声《古今朋友圈》；2016年至2020年担任滦州春晚语言类节目主要撰稿人及导演，创作曲艺小品《美好家园》、歌舞小品《我为家乡打CALL》、荒诞曲艺小品《博物馆奇妙夜》等；2020年2月创作相声《咱别添乱》，被唐山交通文艺广播、曹妃甸之声等媒体采用转发；2022年3月创作北京琴书《聊聊天儿》等。

作为一名相声演员,常安一直活跃在曲艺阵地上,深深地扎根在小剧场。他在舞台上思维敏捷,语言丰富,表演细腻,能捧能逗,擅长"说哏"。

常安创作的故事情节非常有趣、幽默,又很接地气儿。他积极改编传统相声,让传统相声贴近现代生活,焕发新的生命力。创编新的作品,传递党的政策,讴歌"时代楷模",赞颂幸福生活。对于年轻演员,他每每都能提出中肯的建议和意见,帮他们树立正确的"三观",把传承和发展当作自己的目标。

常安说:"我没有参加过什么比赛,没有获过什么奖,我只是觉得做自己想做的,做好自己该做的就行了。看到自己的作品被广泛传播,起了一点儿小小的作用,这就是对我最大的奖励。"

乐亭大鼓《画卷》

作者：常安

炎黄逐鹿在中原
华夏历史展鸿篇
手持画笔轻描绘
平心静气染朱颜
我画的是
夷齐让国不恋权
双双饿死首阳山
汉末名将公孙瓒
英勇善战镇边关
戚继光把长城守
北蛮虏寇尽胆寒
曹雪芹妙笔生佳作
世态炎凉大观园
成兆才本是民间戏圣
创始评剧美名传
大钊先生
坚持信仰播火种
神州大地起波澜
你看那
滦河九曲十八转
遥见燕山起峰峦
勾描点染填色彩

参加河北文联文艺两新培训,和保定相声演员石磊即兴演出

我画遍中华五千年

放下画笔抬头看

英雄的唐山再换新颜

轻轻展开新丝绢

我画只凤凰展翅耀九天

我画的是

金色麦浪万里田

收割机穿行忙得欢

板栗核桃枝头笑

果实饱满大又甜

红砖绿瓦新宅院

车来车往农舍间

农家小院儿成了网红地

打卡的游客络绎不绝来尝鲜

离家游子纷纷回乡投资建设

共富的路上肩并肩

我画的是

红日破障冲霄汉

流云乘风戴银环

碧涛怒把礁石撼

白浪轻拂金沙滩

道路拓宽高楼建

琅琅书声在耳边

新兴产业全都聚齐曹妃甸

支起了首都经济圈

港口雄开凭船渡

强势崛起渤海湾

小小窗口面向全世界

百鸟朝凤汇聚唐山

我只顾低头绘画卷

不知不觉我已身在画中间

你看那

神州大地九百六十万（平方千米）

五十六个民族个个露笑颜

撸起袖子加油干

风雨无阻冲在前

党的精神如雨露

亿万人民润心田

勤劳勇敢就是笔杆

亿万人民挥毫泼墨天地间

他们以神州大地为丝绢

努力绘就我大中华历史宏篇

快板《摆酒席》

作者：常安

花团锦簇树成荫儿，
微风拂来人精神儿。
欢迎各位来到这儿，
听我给您讲故事儿。

我们村儿，有个人儿，
他的名叫刘宝晨儿。
心思活、爱算计儿，
自称是个"场面人儿"。

这一天，
家里母猪下了崽儿，
八个小猪真爱人儿。
宝晨儿一见开心笑，
脑筋一转有主意儿。

"叫媳妇儿，快快快，
赶快通知村里人儿。
今天家里喜盈门儿，
晚上咱家摆酒席儿。
请厨子儿、摆桌子儿，

鸡鸭鱼肉全备齐儿。
嘿嘿,
谁也不能空手来,
晚上咱俩就数银子儿!"

媳妇听完叫宝晨儿:
"啥事你就摆酒席儿?
母猪下个小猪崽儿,
凭啥惊动村里人儿?"

宝晨儿说:
"你别给我打驳回儿,
今天我就摆酒席儿!
平时别人家里有了事儿,
我可没少随份子儿。
本想二胎翻翻本儿,
可你肚子不争气儿。
今天母猪下了崽儿,
这就算是大喜事儿!
你带着儿子小胖墩儿,
挨家挨户去叫人儿。"

媳妇说:
"叫人你得有理由儿,
叫人你得有说辞儿。"
宝晨儿说:
"叫人是得有理由儿,

叫人是得有说辞儿。
嗯……你就说，咱家这口老母猪——
今天有了继承人儿！"
（白）这是什么理由？

媳妇带上小胖墩儿，
无可奈何出了门儿。
穿大街，过市集儿，
告诉所有看见的人儿。
七大姑、八大姨儿，
三姑、六舅、大妗子儿！
走街串巷马不停蹄儿，
挨家挨户串门子儿。
村民接到这消息儿，
个个撇嘴哼鼻子儿。
"要说这个刘宝晨儿，
心眼儿真多会算计儿。
给人掏的是人情份子儿，
给猪上礼算咋回事儿？"
大家表面儿说"道喜儿"，
背后人人有微词儿。

这件事传到了村委会，
气乐了书记赵学军儿：
"要说这个刘宝晨儿，
心眼儿挺多能算计儿。
有头脑，有心气儿，

就是不用正经地儿。
我得找他聊一聊,
省得他,
没事儿找事儿办蠢事儿。"

赵学军儿,
三步两步出了门儿,
迈开大步找宝晨儿
到了门口高声喊:
"哎——
赶快出来迎客人儿——"
宝晨儿开门儿微微一愣:
"咋还来了赵书记儿?
要说我媳妇胆儿真大,
连书记都叫来吃酒席儿!
书记来了是好事儿,
我看谁还犹豫不进门儿?"

(白)"呵呵呵呵,赵书记。"
"宝晨儿啊,我听说,
你家今天喜盈门儿,
晚上就要摆酒席儿?"
(白)"啊——是!"
"赵书记儿,
我家也没有啥大事儿,
就是母猪下了崽儿
我心里高兴,

和大伙儿吃吃喝喝找找乐子儿！"

"吃吃喝喝找乐子？
谁能空手来吃席儿？
我看你，
不仅是要找乐子儿，
还想收礼要银子儿！"
（白）"啊！他……唉！"
"这些年，
乡里乡亲大小事儿，
我可没少随份子儿。
结婚回门满月酒，
拜寿升学盖房子儿；
红白喜事场场到，
住院出院都凑份子儿。
五十一百拿不出手，
三百五百不算大份儿！
我家里平安没啥事儿，
光出不入真够劲儿。
这回赶上猪下崽儿，
我正好收礼翻翻本儿。"
（白）"翻本儿？
什么叫翻本儿啊！"

正这时
推门跑进了小胖墩儿，
小嘴儿一咧掉眼泪儿：

"都怪你，都怪你，
生个猪崽儿就摆酒席儿。
同学们都在嘲笑我，
说我是猪的娘家人儿！"

后边进来宝晨儿媳妇儿，
愁眉苦脸真委屈儿：
"你看你，
办的这叫什么事儿，
让我在外受怨气儿。
母猪下崽儿摆酒席儿，
都笑我是个糊涂人儿！"
宝晨听后不言语儿，
皱着眉头挺憋屈儿。

书记擦掉胖墩眼泪儿，
语重心长叫宝晨儿：
"宝晨哪！
你说的情况我了解，
那都是过去的旧风气儿。
东家情，西家份儿，
互相攀比伤和气儿。
乡里乡亲来处事儿，
礼尚往来是人情味儿。
真不该，
巧立名目消费人气儿。
更不能，

因为财迷变了味儿!
现在提倡移风易俗新风气儿,
新的观念办新事儿。
齐心协力除陋习儿
人人都得出把劲儿。
母猪下崽儿摆酒席儿,
这事儿办得真差劲儿。
现在大家都有意见,
以后你咋见村里人儿!"

宝晨拍着大腿直"哎哟",
又羞又愧没脾气儿。
"亏我自称聪明人儿,
这回办了件蠢事儿。
叫媳妇儿,
领着胖墩去通知——"
(白)"啊,还通知?"

"通知大家,
晚上不再开酒席儿!
是我财迷心窍乱生事儿,
以后不再办蠢事儿。"
书记抱起小胖墩儿
宝晨儿拉上他媳妇儿
四人一起往外走,
挨家挨户传消息儿。

常安参加河北省曲艺家协会中青年曲艺大比武，表演《如此孝子》

从此后

心思灵巧刘宝晨儿，

宣传新风当大事儿。

乡村宴请摆酒席儿，

攀比之风是陋习儿。

巧立名目不可取，

要当文明农村人儿。

移风易俗新气象，

树立农村新风气儿！

相声《奔向幸福路》

作者：常安　王康旭
表演：王康旭　常安

乙：今天能来到这里演出感到特别高兴。

甲：（唱）各位朋友，欢迎你，百忙之中来到这里。

乙：唱上了。

甲：（唱）我们在这里共同齐相聚，这里充满了欢声笑语。祝福朋友们身体健康，合家欢乐，万事如意。生活美满甜如蜜，工作顺利。创造新奇迹。

乙：送上一份祝福。

甲：（唱）啊——朋友哇，朋友，亲爱的朋友们——小红心你赶快快点儿起。

乙：哎？

甲：快给主播点关注，带你走上幸福路！

乙：您等会儿吧！您这干什么呢？

甲：我呀？正直播呢。

乙：直播？

甲：直播带货。

乙：你也直播带货呀？都带的什么货呀？

甲：我带的货都是我们村的特产。

乙：都有什么呀？

甲：（吆喝）香菜辣青椒嘞，勾葱嫩芹菜扁豆茄子黄瓜架冬瓜，有大海茄，有萝卜胡萝卜卞萝卜，嫩了芽的香椿儿蒜儿嘞，好韭菜。

乙：都是蔬菜呀？

甲：都是无公害有机蔬菜。

乙：嗬！还有别的吗？

甲：那可多了。像什么"核桃白菜小板栗，金丝小枣大烧鸡。棋子烧饼和对虾，麻糖里边有蜂蜜。"

乙：这还一套一套的。

甲：只要是我们村的好东西，我全都给它们做代言。

乙：我看出来了，你是你们家乡产品的代言人。您这是热爱家乡、推广家乡。现在呀，就需要你们这样优秀的年轻人。

甲：哎哟，您可别夸我。

乙：怎么呢？

甲：其实前两年我不这样。

乙：那前两年你什么样啊？

甲：前两年，我筹了点儿钱做买卖，可是不懂市场又不会经营，不到半年就赔了个底儿朝天。当时意志消沉，又交友不慎，染上了赌博的毛病。输了房、输了地，输得老婆离我远去。

乙：哎哟，离婚啦？

甲：离到没离，就是回娘家了。

乙：怎么回事呀？

甲：那天我打完牌回到家里，一进门，我媳妇正在那哭呢："你个挨千刀的，你还知道回家？你看看你，原来挺好的一个人，现在就知道喝酒耍钱。输了你就满处借去，赢了你就喝酒。一喝酒你就喝多了，到家就和我耍酒疯儿。昨天你喝多了，我寻思着扶你一把，结果你抱着我脑袋就啃，一边啃还一边喊。"

乙：喊什么呀？

甲："服务员，你们这烧鸡上咋还都是毛哇？"

乙：把他媳妇这脑袋当烧鸡了。

甲:"当时我这心里别提多委屈了。我在外边打工挣钱,帮你还饥荒,回家还得当你的下酒菜儿。现在我是想明白了,你心里就没有我这个人。以后哇,你就自己过吧!"我媳妇夹着个小包,回娘家了。

乙:我说呀,这事主要怨你。

甲:我抬头看看我们这个家,让我输得四个嘎啦空,我媳妇这一走哇,冷冷清清,一点儿人气儿没有,唉!鼻子一酸,眼一红——

乙:你哭上了!

甲:我唱上了。

乙:唱上了?

甲:(唱)满怀郁闷问苍天,问苍天为什么我买卖老赔钱?问苍天为啥我打麻将我把炮点?不知我媳妇在哪边?以后别人吃大餐!我顿顿方便面!却为何我日子过得这么惨?天哪天,房梁上把裤带一拴,马上玩儿完。

乙:要上吊哇?

甲:没事没事,死不了。

乙:怎么呢?

甲:下午玩儿牌,把裤带输了。

乙:嘿!你怎么什么都输哇!

甲:我正在家里要死要活呢,一推门儿,进来一个人。

乙:谁呀?

甲:陈大爷。

乙:陈大爷?

甲:我们家的邻居,卖二十香的。

乙:卖什么的?

甲:二十香!

乙:我知道有个十三香。

甲:对,原来他就卖十三香。赶大集、摆地摊儿,晒得跟黑煤球子似的，晚上都不敢出门。

乙：怎么呢？

甲：就看见一排小白牙在那飞。

乙：你缺德不缺德呀！

甲：后来呀，不知道怎么想的，他要把这十三香进行改良，他愣是往里加了七种香料，要做成了二十香！你说你这不是给大伙出难题吗？卖你这个二十香，怎么吆喝？"小小的纸啊四四方方，东汉蔡伦造纸张。南京用它包绸缎，北京用它写文章。此纸落入我的手，张张包的都是十三香——他加七——和到一堆儿是二十香。"多别扭哇！

乙：我看是你别扭，你这是成心的！

甲：你说你自己挣钱了不就得了吗？他还在我们村办了公司，收了徒弟，带着十几个大小伙子就卖这二十香，他们先把钱挣了。

乙：我看你呀，你这叫羡慕嫉妒恨。陈大爷多好一个人哪！自己致富了，还帮助村里的乡亲们一块儿挣钱，没忘了老乡亲。你就应该好好跟人家学学。

甲：我这正愣神儿呢，陈大爷说话了。

乙：他怎么说的？

甲："小子，小子，小兔崽子！"

乙：你那边说去。

甲："我可得好好说你了。"

乙：应该说说。

甲："你爹死得早呀，你娘把你拉扯大喽！她可不容易呀！又得下地干活儿，又得操持家务，还得照顾着你。那时候家里不富裕，她是宁可自己不吃不喝，也供你上完了大学。就希望你将来能够出人头地。没想到你小子这么没出息，做买卖赔了就趴窝了？"

乙：什么叫趴窝呀？

甲："整天的喝酒耍钱不务正业！多好的媳妇都让你给气跑了？

嗯？你是对得起你爹呀？还是对得起你妈呀？啊？"

乙：好好想想吧！

甲："小子，做买卖赔钱不是大事儿，咱们想办法把他挣回来。是爷们儿，跟着大爷我，我帮你东山再起。"

乙：陈大爷要帮你一把？

甲：我心说，这老头儿站着说话不腰疼，你说东山再起就东山再起呀？我说，陈大爷。

乙：我不跟你干！

甲：我都听你的。

乙：我以为你不干呢。

甲：我也想混个好儿啊！陈大爷说："小子，我研究的这二十香卖得还不错，但是我们需要更大的市场。而且我最近准备整合咱们村的有机蔬菜和家乡特产，咱们做个直播间，把这些好东西拿到直播间里卖，要卖就卖到全国！咱们不仅要自己富起来，还要带动咱们全村的父老乡亲都富起来，为家乡的乡村振兴贡献一份力量。"

乙：说得多好哇！

甲："你小子形象好，有才艺，你呀，就给我当一个带货主播。"

乙：你行吗？

甲：这不就干起来了吗？从那以后，陈大爷和我是形影不离。

乙：都干吗呀？

甲：早上带着我去大棚教我种菜。

乙：上午？

甲：带我去工厂辨认香料。

乙：下午？

甲：请来老师教我农业知识。

乙：晚上？

甲：抱着床铺教我睡觉。

乙：抱着床铺？

甲：不是，坐在床头看着我睡觉。

乙：怎么还看着你睡觉哇？

甲：怕我跑出去喝酒耍钱去。

乙：还有一点我不明白，你不是带货主播吗？怎么还学习农业知识呀？

甲：陈大爷说，只有充分了解了自己的产品，才能把它们更好地卖出去。

乙：这陈大爷为了你下足了功夫。

甲：在陈大爷的帮助下，我不仅改掉了赌博的坏毛病，而且，还用我的才艺和专业知识在直播间站稳了脚跟，积攒了大量的"粉丝"。

乙：好事呀！

甲：通过我们的努力，我们的产品畅销全国，还受到了大家的好评。

乙：太好了。

甲：我跟您说。在陈大爷的带领下，不仅我们村富了起来，还带动了周边经济的发展，带领大家都走上了幸福的道路。我们村作为乡村振兴的典型还上了新闻头条。

乙：真的呀？！

甲：（唱）"咱们村翻天覆地实在好瞧，乡村振兴上了头条。直播间带货真热闹，产品好、价不高，买回家去乐陶陶。乡亲们的生活步步登高。"

乙：嘿！

甲：那天我下了直播，正收拾东西呢，陈大爷一推门进来了。

乙：陈大爷干吗来了？

甲："小子，你看门外站的谁呀？"

乙：谁呀？

甲：我回头一看，哎哟！陈大爷帮我把媳妇接回来了！

乙：是呀！

甲：我一个箭步冲上去，一把拉住我媳妇的手说："亲爱的，你可回来了！我改了！我全改了！以后你再也别走了，咱们好好过日子吧！"

乙：你媳妇说什么呀？

甲："我在直播间都看到了。只要你改了，我就不走了。"

乙：嘿！

甲：我一听这话，一把就把我媳妇搂怀里了。

乙：干吗呀？

甲：我给了她一个火热的、缠绵的、充满激情的吻！

乙：你急什么呀？

甲：我这正亲着呢，我媳妇一个劲地掐我大腿，我回头一看，陈大爷眼都直了。

乙：你倒是背点儿人呀！

甲：我说："陈大爷，您看——我——她——呵呵——"

乙：典型的"社死"现场。

甲：要不您也来两口？"

乙：啊？有这么说的吗？

甲：结果陈大爷说了一句话，把我们小两口儿全逗乐了。

乙：怎么说的？

甲："不了，小子！那什么，大爷家也有！"

乙：也有哇！

相声《音乐之乡》

作者：常安　王康旭
表演：王康旭　常安

甲：（唱）"朋友啊朋友，欢乐路上一起走。"

乙：唱上了。

甲：（唱）"在这里我祝福大家，每天乐悠悠，朋友啊朋友，祝愿你长寿，如果您要让我，让我定一个期限——"

乙：多少呀？

甲：（唱）"每人多活九十九，九十九。"

乙：太好了，每人多活九十九。

甲：您听我唱得怎么样？

乙：要说您唱得是真好！

甲：知道为什么唱得这么好吗？

乙：为什么呀？

甲：因为我生活环境跟大家伙不一样。

乙：那您生活在？

甲：我生活在音乐之乡。

乙：音乐之乡？

甲：跟您这么说吧，我们那的人，甭管男女老少，上到九十九，下到不会走，都能唱，都会唱。

乙：是呀？

甲：生活的方方面面全都是唱。

乙：生活的方方面面也都能唱吗？

原创相声《音乐之乡》剧照

甲：跟您举个例子吧，好比说卖早点的，我们这就唱。

乙：卖早点的那叫吆喝。

甲：吆喝？

乙：都这样。

甲：怎么吆喝？

乙："炸饼、油条、豆腐脑儿、豆浆热乎的！热乎的！热乎的！"吆喝嘛。

甲：那是你们那儿。我们音乐之乡，卖早点的就得唱。

乙：非唱不可吗？

甲：那当然了。早上，凌晨四点，推着车就出来了。先来这么一嗓子：（唱）"哎，起大早，推出车，父老乡亲您听我说，我这的东西实在是好呀——"

乙：都有什么呀？

甲：（唱）"有刚刚出锅的豆腐脑儿、油条、米粥、韭菜盒，我这的豆浆味道美，棒子面的大饽饽。我这的价格真公道哎，米粥一块儿随便喝。"

乙：您等会儿吧。大米粥？一块钱？随便喝？

甲：（唱）"喝吧喝吧喝吧，喝完拉倒。"

乙：喝完拉倒？那不就赔了吗？

甲：赔不了哇，你兑水呀！

乙：兑水呀？像话吗？卖假货？

甲：不为卖多少钱，就为了练练嗓子，生活当中好用

乙：哦，就为了开开嗓儿？

甲：没说吗，生活的方方面面全是唱嘛。

乙：那我问问你呀，在您这个音乐之乡，搞对象的唱吗？

甲：搞对象的？唱啊！搞对象成与不成全看女方。

乙：哦？

甲：所以搞对象的时候女孩儿唱。

乙：怎么唱啊？

甲：一唱这味儿的：（唱）"甜蜜蜜，我笑得多甜蜜，好像花儿开在春风里，开在春风里。梦里梦里就是你，是你，是你，梦见的都是你！我们俩，手拉手去登记，出门马上举办婚礼！"哎，你看我像不像那朵儿被爱情滋润的玫瑰花？

乙：像！哎，你看我像不像被爱情滋润的玫瑰花？

甲：您不像玫瑰花。

乙：那我像？

甲：狗尾巴花！

乙：狗尾巴花像话吗？

甲：您这是干吗呢？

乙：就是您唱得我这个心里黏黏糊糊的。

甲：好听不好听？

乙：好听好听。

甲：搞对象就这么唱。

乙：哦，搞对象就这么唱，那要是结婚呢？

甲：结婚？大喜的日子？

乙：对呀！

甲：那更得唱了！结婚的时候，主要看小伙子。

乙：得听男方的？

甲：小伙子高兴啊，当新郎官了，一唱这味儿的。

乙：您学学。

甲：（唱）"我嘴里头笑的是哟呵哟呵哟，我心里头美的是浪个哩个浪，姑娘她不说话看着我来笑啊！我知道她等着我来抱一抱，抱一抱，这个抱一抱，抱着我的妹妹就上花轿——"

乙：哎哎，这怎么个意思这个？

甲：扔房上去了。

乙：啊？使那么大劲儿干吗？

甲：高兴啊，劲儿使大了。

乙：那也太高兴了！

甲：就问你好听不好听？

乙：好听。

甲：这是结婚，就这么唱。

乙：哦。那要是生孩子呢？

甲：生孩子？也唱啊！

乙：生孩子怎么唱？

甲：那天我还真瞧见一份儿，医院里边儿，产房门口，有一个小伙子，抱着个小孩儿。

乙：哦，孩儿他爸爸。

甲:"哎!"

乙:怎么还先叹气呀?

甲:(唱)"你从哪里来?我的朋友!"

乙:朋友?

甲:(唱)"好像一个礼物就摔在了我的手头儿。"

乙:什么叫摔呀?

甲:(唱)"全家其乐融融,就一个人发愁。"

乙:谁呀?

甲:(唱)"这人儿就是你哥哥我,我今年二十六——"

乙:合着这不是孩子他爸爸?

甲:这是孩子他哥哥。

乙:二胎是吗?

甲:现在二孩政策放开了,就有这种情况。

乙:这倒是。就是年龄差得有点儿大。

甲:生孩子,就这么唱。

乙:生孩子就这么唱?哎,在你们音乐之乡,您刚才可说了,上至九十九,下至不会走,都会唱,都能唱。那我问问您,这刚出生的孩子,唱吗?刚出生的孩子,还不会说话呢!他是来一段美声啊,还是来一首通俗哇?

甲:刚出生的孩子?也唱!

乙:他也唱?怎么唱啊?

甲:(模仿婴儿啼哭)"哇哇哇哇——"

乙:孩子哭也算哪?!

甲:这孩子的哭声在父母的耳朵里,那就是最美的歌声。

乙:您看他这么解释,这还合情合理。

甲:我们那方方面面都是唱,音乐之乡嘛!

乙:那我再跟您打听打听,音乐之乡,白事,唱吗?

甲：白事？

乙：白事！

甲：我刚才说的都是喜事儿！您这来一白事？

乙：生老病死，人之常情啊！

甲：白事？

乙：唱吗？

甲：现在不唱了。

乙：现在不唱了？

甲：对啊，现在是移风易俗，提倡丧事简办，反对铺张浪费。

乙：是。

甲：但是，前些年还真有。

乙：前些年？

甲：前些年，我们小区有个男的，五十多岁，好像是得心脏病死的。

乙：这可了不得。

甲：那个白事办得可大了。你不知道，就那纸人、纸马那钱都花"扯"了。

乙：这铺张浪费是太不应该了。

甲：纸人、纸马都有什么呢，有开路鬼、打路鬼、英雄斗志百鹤图，方弼、方相、哼哈二将，秦琼、敬德、神荼、郁垒四大门神——

乙：等会儿，您说的这个不是传统相声《白事会》吗？

甲：啊对！就按照那样摆的。

乙：按那个摆呀！

甲：这我还是收着说呢。

乙：是呀？

甲：我跟你说，光棚就搭了四个。

乙：四个棚？都是什么棚啊？

甲：首先这边是一灵棚。

乙：灵棚应该有的。

甲：灵棚前边有个桌子。桌子中间摆着死者的照片，两边是香烛纸马各种贡品。旁边有什么聚宝盆、摇钱树、童男、童女、金、银库。

乙：什么都有！

甲：桌子后边就这死者的棺材。死的这位就在棺材里面躺着。这灵棚对面有个鼓乐队。

乙：民乐的那个？这些都常见。

甲：左边是西洋乐队。

乙：还有西洋乐队？

甲：右边是摇滚歌舞。

乙：摇滚歌舞也有哇？这也太乱了。

甲：花钱嘛，办得热热闹闹的。您别说，这个吹鼓手先来了个《大悲调》。吹完了以后，本家高兴啊，当时赏钱一千。

乙：这就给一千块钱哪？

甲：西洋乐队一看眼热了。真给钱哪？咱们也卖卖力气吧。当时就吹了一个西洋乐曲。

乙：什么乐曲哇？

甲：就那个：（模仿西游记音乐）。

乙：您等会儿等会儿，这不是《西游记》吗？

甲：对呀！

乙：孙悟空那猴儿，跟死人有什么关系？

甲：人家乐队解释得清楚，这叫"驾鹤西游"！

乙：这也太牵强了。

甲：这本家高兴啊！就冲这个，赏钱两千！

乙：这就给两千呀？

甲：摇滚歌手一看着急了，抄起麦克风来，张嘴就唱上了。

乙：怎么唱的？

甲："咱们老百姓啊，今儿个高兴！咱们老百姓啊，吼嘿，今儿个高兴！高兴！高兴！"

乙：别唱了！这是白事，死人！你这喊什么高兴？

甲：这不老喜丧嘛！

乙：哪有喜丧？刚说的，五十来岁死的，算不上喜丧。

甲：对呀！人本家也说了，我们这不算老喜丧。本家一生气薅着歌手的脖领子就是一大嘴巴。

乙：打上了？

甲：歌手不干了，抄起电贝斯，"咣叽"就砸本家脑袋上了。

乙：啊？

甲：两边打得热热闹闹哇！

乙：这不乱套了嘛！

甲：打的时候，不知道谁没注意，把这个棺材碰倒了。

乙：啊？

甲：这棺材一倒，棺材盖就开了，死的这位就从棺材里骨碌出来。一翻身坐起来，他张嘴也唱上了，（唱）"我真的还想再活五百年——"

乙：他不死了吗？

甲：没说嘛，可能是这心脏病，假死！这么一折腾，他又缓上来了！

乙：真要命。

甲：他缓上来不要紧啊，旁边看热闹的吓死了好几个！

乙：那还不吓死吗？

甲：民乐队一看这种情况，当时就转了调了。

乙：怎么转的？

甲："你也说聊斋，我也说聊斋——"

乙：聊斋呀！

先做顶天立地人，
再说感天动地书。

李庆丰简介

李庆丰，男，1978年10月生于河北承德，中共党员，入选中青年文艺人才"燕赵秀林计划"。中国曲艺家协会会员。曲艺演员、作家。师承相声艺术家李伯祥。

李庆丰自幼酷爱曲艺艺术。1998年通过高考入伍后，迅速成长为军营文艺骨干，曾任西北空军某部艺术团业务副团长。多次参加全国、全军艺术培训，受到姜昆、阎肃、田连元、张振斌、唐文光等名家指点。2017年自军营转业后，一直奋斗于基层文化工作战线。

二十余年来笔耕不辍，创作了大量相声、小品、快板、鼓曲等作品，曾在《军营文化天地》《曲艺》《幽默与笑话》等刊物发表作品数十篇。相声《胡杨礼赞》《超值享受》、快板书《清官谱》《隔海望乡》等多部作品获全国、全军等奖项。《党旗飘飘》《畅游秦皇岛》《祝您健康》等作品，成为曲艺演员的保留节目，在秦皇岛地区广为传播。相声理论专著《说笑九章》由现代出版社出版。整理、录制的音频评书《聊斋志异》由中央人民广播电台长书频道播出。自2017年至今，主攻网络音频评书，并成长为"喜马拉雅超级风云主播"，《明朝那些事儿》《上下五千年》《庆余年》《袁世凯三部曲》《骆驼祥子》《水浒传》《红楼梦》《典故丰说》等二十余部作品，在喜马拉雅、懒人听书、微信读书、蜻蜓FM等网络平台播出，倾倒粉丝百万，播放量累达数亿次。其中，《隋唐演义》被单田芳艺术传播有限公司评为"最佳演绎奖"。

被解放军总政治部评为"全军基层文化工作先进个人"。荣立个人三等功三次。被河北省委宣传部评为"优秀理论教员""燕赵文化之星"。被河北省文联评为"中青年曲艺创作骨干"。被秦皇岛市委宣传部评为"秦皇岛读书达人""优秀草根宣讲员"。

相声《胡杨礼赞》

作者：李庆丰

甲：亲爱的观众朋友们，大家——

乙：晚上好！

甲：介绍一下，我叫某某。

乙：我叫某某。

甲：来自祖国大西北。

乙：茫茫的戈壁滩。

甲：我们那地方啊，天上无飞鸟，地上不长草。

乙：长年不下雨，风吹石头跑哇！

甲：我们那儿，还有个非常非常高雅的说法。

乙：什么说法？

甲：叫作兔子不拉屎的地方。

乙：这还高雅呢？

甲：您看我们的大漠军营啊，虽然是苍茫戈壁，可是也有深厚的文化土壤。尤其呀，有一种杨，了不起呀！知道什么杨吗？

乙：甭问了，烤全羊啊！只要一闻见那味儿，我这哈喇子呀，就滋——

甲：您受累。

乙：怎么了？

甲：先把水管子关上。

乙：水管子像话吗？

甲：什么啊？你就滋滋的？

石家庄咆哮相声公社演出相声《评书漫谈》

演出评书《张飞请诸葛》

乙：你不说烤全羊吗？

甲：我说的是胡杨。

乙：哦，火大了。

甲：火大了？

乙：烤煳了嘛，煳羊，那不好吃了。

甲：净惦记吃了？我说的是西北戈壁滩上的英雄树——大漠胡杨。

乙：你以为我真不懂呢？

甲：你明白？

乙：那当然了！胡杨，那是三千年林木中的活化石，生而千年不死，死而千年不倒，倒而千年不朽。

甲：哎，你说，这么好的树，我该不该去歌颂？

乙：你呀？你该！你太该了。你咋那么该呀！

甲：你也够该的。什么叫该呀？

乙：该歌颂。

甲：你说该歌颂不完了吗？所以啊，我就挥毫泼墨，写了一篇文章大作，题目就叫《胡杨礼赞》。

乙：你写的什么文体呢？

甲：写的散文！

乙：哦。

甲：纯粹的散文。这散文您看吧，怎么看怎么像小说……

乙：等等吧！到底是什么玩意儿？

甲：乍一看是散文，细一瞧像小说，再一读像诗歌，仔细一琢磨，哦！原来是话剧。

乙：四不像！

甲：读起来特别感人。

乙：那你给我们朗诵一下。

甲：您注意听啊！

乙：您来来。

甲：您注意听啊！（定格）您不鼓掌，我还朗诵不出来。

乙：好嘛，这没羞没臊。

甲：啊！胡杨，你是戈壁的脊梁。啊！胡杨，你是英雄的雕像。啊！胡杨，你是一座座丰碑。啊！啊！

乙：啊！

甲：啊！

乙：啊！

甲：啊，啊……

乙：行了，行了！你这过乌鸦呢？哪那么些感叹词呀？

甲：徘徊在你的身旁，领略这千年轮回的孤寂。抚摸着你的身躯，才明白了岁月枯荣的寓意。坚韧的朋友啊，你延续着大漠军营绿色的情怀。谁能料到在这风沙交加的北国，竟然有这份扣动心弦的美丽。

乙：有点儿意思。

甲：啊！

乙：又来了！

甲：万里黄沙如绝境，难断胡杨英雄梦。你的身躯如钢铁，倍儿硬！

乙：这什么词呀？

甲：怎么样？

乙：您接着朗诵。

甲：再朗诵是可以，不过你得帮忙了。

乙：帮忙？

甲：帮我扮演一个角色。

乙：这还要扮演角色？

甲：因为后边这段哪，写的是我独自一人，在戈壁小点儿上执勤。

乙：就你自个儿？

甲：窗外万里黄沙，人迹罕至，只有一棵千年的胡杨树，与我朝夕相伴。

乙：够艰苦的。

甲：您就演那棵胡杨树。

乙：这没问题呀！从现在开始呀！我就是那棵胡杨树了。

甲：我呢，经常向你倾诉。

乙：哦，向我倾诉。

甲：您别误会，对您倾诉绝不是对牛弹琴。

乙：什么叫对牛弹琴哪？

甲：都是真实情感的流露。

乙：好！那我从现在开始，就是胡杨了。（造型）

甲：等会儿！您这不是胡杨？您这还是烤全羊。

乙：怎么烤全羊了？

甲：您让大伙儿瞧瞧，这不胡辣羊蹄嘛！

乙：怎么说话呢？

甲：胡杨嘛，树影婆娑，你得美着点儿。

乙：美我会呀！你看这个（换造型），怎么样?

甲：这行!

乙：那来吧。

甲：有时候，我把胡杨当成我远在故乡的妻子。

乙：我成他媳妇了。

甲：亲爱的！我想你呀！

乙：（亲昵地）我也想你呀！哎呀，我都不好意思了。你说这事儿弄的……

甲：你什么毛病?

乙：我这不给你配戏呢嘛!

甲：配什么戏呀？您是一棵胡杨树，换句话说，您就是一块木头，不能说话。

乙：哦，不能说话。（摆造型）

甲：亲爱的!

乙：我没说话。

甲：别打岔呀!

乙：我怕忘喽!

甲：我工作在长城的最西端——嘉峪关，你工作在长城的最东端——山海关。咱俩分守在长城的两端。别人都说，我回家不容易迷路，顺着长城就能摸回去。

乙：也容易摸到山沟里。

甲：想你呀！中秋节的时候，我为你添了一首词，叫作《长相思》。

乙：这是词牌。

甲：东一关，西一关，双挽长城梦魂牵，幽情万古悬。月已圆，人已圆？红豆三千一线穿，颗颗醉广寒。

乙：好！哎哟，你这词太棒了，这叫什么？你有情我有意，两人一见，哎哟……

甲：你瞎嘚啵什么呀？

乙：我这不是情不自禁地给你喊好嘛。

甲：你又忘了自己是什么角色了？

乙：哦，我木头！（造型）

甲：亲爱的，军功章有你的一半，也有我的一半。我，我真想狠狠地吻你。

乙：要动真格的！

甲：（狠吻乙额头）

乙：嚼！他这拔火罐儿呢！

甲：有时候，我又把胡杨当成我那送回农村老家抚养的孩子。

乙：我又成留守儿童了。

甲：儿子！爸爸也想你呀！我没有尽到做父亲的责任，没有守在你的身边，一把屎一把尿把你喂大。

乙：呸！我吃得下去嘛。

甲：（跳出）我这也吃不消。（跳入）你经常问你奶奶："奶奶，我爸爸是谁呀？我爸爸在哪儿啊？"奶奶说："大孙子！记住喽，你爸爸是咱万里长城上的一块砖！记住了，你爸爸是一块砖。"你就记住了。你看见一块砖就喊爸爸，看见一块砖就喊爸爸，每次路过烧砖厂，你都要喊几个小时。

乙：咳！这孩子忒实在了。

甲：孩子，对不起你！我，我也吻你！（狠吻乙额头）

乙：嚯！这比刚才那下还狠。

甲：有时候，我把胡杨当成我的表弟。

乙：表弟？

甲：表弟，你说你想参军，想到大漠军营来。来吧，希望在这里放飞，青春在这里闪光，这里是你实现人生理想和抱负的热土！表弟，来

吧，我支持你。我，我也吻你！（吻额头）

乙：嗬！这表亲也啃哪？

甲：胡杨，你是我二表弟。

乙：二表弟？

甲：你说你也想参军，我支持你，我也吻你。（吻）

乙：又一下。

甲：胡杨，你是我三表弟！（吻）

乙：嗬！

甲：四表弟！五表弟！六表弟……

乙：你等等吧！

甲：怎么了？

乙：你们家咋那么多表弟呀？

甲：这说明问题呀！

乙：什么问题？

甲：我们家想到大漠军营建功立业的，是前赴后继、层出不穷啊！

乙：你层出不穷没关系，我这脑袋受得了吗？你让大伙儿瞧瞧，这么会儿工夫，把我脑袋都啃没皮儿了。我这也不是羊头肉。

甲：你再坚持一下。

乙：那我得问问，你们家还有几个表弟？

甲：还有俩。

乙：俩？那没问题。（造型）

甲：我们家想参军的表弟还有俩。

乙：好！

甲：想参军的表妹，还有一百二十八个。

乙：受不了！

对口快板《中华谚语谈》

作者：李庆丰

甲：打竹板，心欢喜，
今天我来说谚语。
乙：说谚语，不虚夸，
它本是汉语之中的牡丹花。
甲：说……
乙：（每次都抢着打断甲）数量浩瀚如烟海，
生动形象又精彩。
甲：说……
乙：文字浅，道理深，
蕴藏的智慧贵如金。
甲：说……
乙：好似浓茶与美酒，
爽心爽肺又爽口。
又幽默，又搞笑，
说出来一套又一套。
什么鸡配鸡，鹅配鹅，
鸭子配个啦啦婆。
猪生猪，狗生狗，
兔子生儿蹦着走。
鱼找鱼来虾找虾，
乌龟甲鱼找王八。

表演快板书《武松打店》

老来俏,老来俏,

老来不俏没人要。

驴拉磨,马拉车,

老娘们儿嚼舌话最多……

甲:(白)停吧!老娘们儿嚼舌话最多!我看你这话也不少啦!

乙:怎么说话呢?

甲:你絮絮叨叨没个完,

实在有点儿惹人烦。

我这个专家还没说意见,

你怎么抢在前边净装蒜?

乙:(白)怎么?您是专家?

甲:你这话,说得对,

我谚语专家很尊贵。

大名传遍了全社会,

在太阳系我也算龙头老大独一位。

乙:(白)这话可大了点儿。

甲:不信,您可以随便问哪!

乙:那我问问!哎?文人雅趣讲究琴棋书画。您说,弹琴有什么谚语?

甲:世上朋友要交心,

高山流水觅知音。

没知音,不用弹,

有了知音能断弦。

乙:下棋?

甲:当头炮,把马跳,

用车看炮不牢靠。

单腿马,怕窝心,

马跳窝心要发昏。

观棋不语真君子,

见死不救是小人。

乙:书法?

甲:心要静,笔要中,

身要正来手要空。

大字稀疏能跑马,

小字密而不透风。

真草隶篆能入圣,

写字绝非百日功。

乙:画画儿?

甲:画人难画手,画树难画柳,

画马难画走,画兽难画狗。

画鬼容易画人难,

意在笔先方自然。

怒画竹，喜画兰，

不喜不怒画牡丹。

乙：嘿！你说谚语，娓娓道来很轻松，

看起来，可以给我当学生。

甲：嘿！说了半天，就够给你当学生，

我怎么有点儿不爱听。

乙：您不服，也可以，

今天咱俩当着观众比一比。

甲：提个题目咱就说，

看一看谁能露脸谁砸锅。

乙：提题目，你先来，

谁要是理尽词穷脸发白，

就赶紧认败服输走下台。

甲：好！哎？这个气象谚语知识多，

咱能否在这说一说？

乙：（白）气象谚语哇？你听着！

正月寒，二月温，

正好时候三月春。

四月暖，五月燥，

六月大汗往外冒。

七月天气闷死人，

八月十五开雁门。

九月凉，十月冷，

寒冬腊月能冻挺！

甲：一场秋雨一场寒，

十场秋雨穿上棉。

早晨下雨当日晴，

晚上下雨到天明。

乙：要盼着，五谷丰登好年景，

农业谚语就得懂。

甲：农业谚语历史悠，

它曾经指导着万亩良田得丰收。

说是春雷响，万物长，

春种秋收又开场。

清明前后一场雨，

豌豆麦子中了举。

有钱难买五月旱，

六月连阴吃饱饭。

头伏萝卜二伏菜，

三伏头里种小麦。

黑夜下雨白天晴，

打的粮食没处盛。

乙：一月犁田是块金，

二月犁田是块银。

三月犁田是块铁，

四月犁田是个鳖。

甲：您要想，饮食健康寿命长，

也得请谚语来帮忙。

乙：会喝酒，能治病，

不会喝酒能要命。

不吸烟，不喝酒，

病魔见了绕道走。

吃酒不吃菜，

必定醉得快。

青菜萝卜不出油，

借酒浇愁愁更愁。

甲：会吃饭，百顿香，

不会吃饭一顿伤。

水果蔬菜宝中宝，

何必寻找灵芝草。

每天饭后一杯茶，

医生饿得满街爬。

乙：卫生谚语知识广，

咱能否也来讲一讲？

甲：机器不擦要生锈，

人不卫生要短寿。

预防伤风和感冒，

当心着凉最重要。

一只苍蝇一只虎，

飞到谁家谁家苦。

头对风，暖烘烘，

脚对风，请郎中。

常开窗，常通风，

大小疾病影无踪。

乙：卫生好，病人少，

饮食净，少生病。

喝开水，吃熟菜，

身体健康少病害。

甲：社交谚语学问深，

金科玉律似黄金。

乙：想交友，找好人，

友直友谅友多闻。

坏朋友，一个多，

狐朋狗友爱翻车。

人心公，火心空，

良师益友伴终生。

甲：这些话，有点儿白，

它却把朴素的道理讲出来：

娶妻娶德不娶色，

交友交心不交财。

乙：（白）说得好！

甲：中华谚语，浩如烟海色斑斓，

我们俩三年五载说不全。

乙：中华谚语，言简意赅又丰富，

犹如那硕果累累的参天树。

甲：搭建起座座智慧屋，

为人们留下了人间指南的百科书。

乙：说透了地，说透了天，

说透了日月和山川。

甲：说化了雪，说化了冰，

说化了喜怒哀伤忧恐惊。

乙：这谚语，饱含着民族气派放霞光，

还散发出幽幽一缕泥土香。

甲：这谚语，淙淙涓涓如泉水，

流淌出中华民族的真善美。

合：这正是——

中华谚语小结晶，

传出黄钟大吕声。

八节不谢传四海，

民族智慧万年青！

在秦皇岛乡村"四季村晚"演出相声《法治漫谈》

参加"曲苑芳华"河北省曲协中青年表演人才演唱会

曲艺小剧场演出合影

每天进步一点儿，量变终会质变。

赵根简介

赵根，男，1989 年 6 月出生，入选中青年文艺人才"燕赵秀林计划"。他自幼酷爱曲艺艺术，师承相声名家侯长喜先生。2006 年就读于保定市艺术学校学习相声表演，2008 年考入中国北方曲艺学校相声大专班学习相声表演，2011 年入职保定市艺术学校担任曲艺班专业教师。2017 年 3 月入职保定艺术剧院艺术团，担任相声演员至今。

现任保定市曲艺家协会副主席，二级演员。曾荣获国家艺术基金资助项目，河北省第十一届燕赵群星奖，首届京津冀曲艺邀请赛一等奖，第二届京津冀曲艺邀请赛一等奖，河北省第五届少数民族文艺调演一等奖等。

他传统功底深厚，常演的作品相声《黄鹤楼》《论捧逗》《绕口令》《写对子》《对春联》《汾河湾》等，常演快板曲目《三打白骨精》《武松赶会》《武松打虎》《雏凤凌空》《劫刑车》《诸葛亮押宝》等。他注重从传统作品中汲取营养，为后来的创作、创新奠定了牢固的基础。他创作演出的作品，特色鲜明，以曲艺的形式宣传党的政策方针。比如原创快板《扫黑除恶得民心》《喜庆党的二十大》等,都能准确地反映出当时的社会现象,在日常演出中深受群众喜爱。

除了从传统的作品中汲取营养,他还在其他姊妹艺术中寻找艺术相通的地方。他认为创作新的作品,传统的技法只是基础,新的内容才是艺术前行的方向,两者必须相结合,才能使作品具有专业性、时代性、技能性。鉴于这一点,他积极参加各种的学习、讲座、培训等活动,经常到各地去采风。每创作出一个新的作品,他都会先征求老前辈的意见,修改之后才参加日常的演出,在演出中再进行打磨提升,力求每一个作品都能反映出时代的新风貌,每一个作品都能受到群众的欢迎。

他在专业领域有所建树,在培养后备力量上也兢兢业业。多年来,他利用业余时间对年轻的爱好者进行培训,很多爱好者已经在曲艺舞台上崭露头角。曲艺艺术深邃而美丽,他在追寻曲艺艺术的道路上不断前行。

快板《喜庆党的二十大》

作者：赵根

甲：阳光普照华夏地，
全国人民齐努力。
幸福的生活无限好，
2022年，党的二十大胜利召开了。
标志着，党的事业放光辉，
是前进路上的里程碑。
乙：历史意义不平凡，
咱们勠力同心再向前。
精神史诗多壮丽，
共产党，领导着人民创奇迹！
开门见山说主题，
要高举中国特色社会主义这面旗。
自信自强、守正创新、踔厉奋发、勇毅前行，
伟大建党精神要传承。
甲："三个务必"记得牢，
坚定信念不动摇。
乙：不忘初心、牢记使命，
要实现中华民族伟大复兴的中国梦。
甲：谦虚谨慎，艰苦奋斗，
要让这壮美山河披锦绣。
乙：敢于斗争，善于斗争，

前进路上，任尔东西南北风。

甲： 不变质、不变色、不变味儿，

要坚持自我革命不掉队，

谱写这新时代的新华章。

乙： 十年来，有三件大事影响深，

伟大的事业得民心。

甲： 第一件，伟大的中国共产党，

把百年的号角来吹响。

百年征程创伟业，

这个喜讯传遍全世界。

百年来，坚定信念与初心，

为伟大复兴建功勋。

乙： 第二件，中国特色社会主义进入了新时代，

咱们前进的路上大步迈。

干事业精雕琢刻要沉着，

新时代，世界格局看中国。

甲： 第三件，咱们完成了脱贫攻坚，

扬鞭跃马渡雄关。

小康社会已建成，

伟大的魄力多恢宏。

历史性胜利太耀眼，

在世界上意义重大很深远。

乙： 中国特色社会主义为什么好？

咱们有马克思主义作指导。

中国共产党为什么能？

归根结底是两个"行"。

告诉咱，以后的工作与实践，

要坚定信仰和信念！

甲：要增强党和人民的志气、骨气和底气，

靠顽强斗志，打开事业发展的新天地。

江山就是人民，人民就是江山，

执政为民守江山，

咱们不懈奋斗永登攀。

乙：高质量发展是前提，

要实现中国式现代化的新格局。

甲：高质量发展是首要，

指引咱走向光明大道！

乙：国家安全重中之重，

要确保国家安全和稳定。

甲：内在要求要记住，

要站在，人与自然和谐共生的新高度。

要让那，绿水青山带笑颜，

共同守护，咱们和谐美好的大家园。

乙：想过去，以往的历史要牢记，

咱们继续创造新成绩。

甲：看今朝，咱们共同喜庆党的二十大，

宏伟的蓝图美如画。

乙：喜庆党的二十大，

各行各业大步跨。

甲：喜庆党的二十大，

全面建设社会主义现代化。

全国上下，万众一心，

向着那，第二个百年奋斗目标大进军。

乙：党和人民都期待，

心潮起伏多澎湃，

无愧于咱们的新时代。

新时代，肯定会有新挑战，

咱们要撸起袖子加油干！

合：对，咱们撸起袖子加油干！

甲：有目标，有自信，

加速发展更加劲。

乙：攻坚克难敢打拼，

经受磨砺验真金。

如今我们逢盛会，

好生活，来之不易很可贵。

甲：来日方长显身手，

要坚定不移跟党走。

赢得未来有激情，

书写历史多光荣。

咱们要目标坚定争一流，

成绩更要楼上楼！

合：新时代，新生活，

豪情壮志勇拼搏。

勇拼搏，有行动，

丰功伟业人称颂。

人称颂，不退缩，

时代潮流奏凯歌。

奏凯歌，立新功，

咬定青山不放松。

不放松，谱华章，

赶考路上有担当。

参加保定市莲池区彩色周末演出

有担当,责任重,
国家繁荣又昌盛,
共圆咱们的中国梦!

参加保定莲池区元宵节演出

参加保定市迎新春晚会

参加保定市莲池区庆新春惠民演出

光荣的桂冠,
从来都是用荆棘编成!

郭宝艳

郭宝艳简介

郭宝艳，入选中青年文艺人才"燕赵秀林计划"，中国曲艺家协会会员，河北省曲艺家协会京东大鼓艺术委员会副主任，廊坊市曲艺家协会副主席，廊坊市京东大鼓研究会副会长，"郭宝艳曲艺家工作室"领头人，廊坊市广阳区京东大鼓传习所所长，廊坊市广阳曲苑曲艺社社长。师承京东大鼓名家刘炳山，为京东大鼓市级代表性传承人，获评第四届"最美广阳人"，廊坊市"四个一批"人才。

2015年11月，廊坊市广阳区京东大鼓传习所成立，郭宝艳开始学唱京东大鼓。好嗓音加上不懈努力，不久便脱颖而出。经过刻苦努力，她集曲目创作、唱腔设计和演唱于一身，创作出京东大鼓作品四十余件。她的演唱受到来自天津的京东大鼓艺术家肯定，《小乌鸦》等多部作品在网络上被广泛传唱。

心血浇灌，绽放花朵。郭宝艳多次参加大赛并屡有斩获：2019年，参加第二届中国东部优秀曲艺节目展演；2023年1月，参加河北省首届中青年曲艺人才大比武、河北卫视"曲苑芳华"曲艺元宵晚会录制；2023年2月，参加河北省优秀文艺人才展演，获最佳演员奖；多次参加全国"董湘崑杯"、京津冀京东大鼓书会，曾获最佳表演奖。演出活动多次被《燕赵都市报》《廊坊日报》、央广网、"学习强国"学习平台等媒体报道。

  一花独放不是春，百花齐放春满园。为壮大京东大鼓队伍，2019年开始，郭宝艳开办了五期京东大鼓培训班，培训学员六千余人次，教唱京东大鼓二十余段。

  传统艺术要光大，好借春风上九霄。2021年3月，广阳曲苑曲艺社成立。作为社长，郭宝艳每周五组织演员展演，有京东大鼓、快板、相声等艺术形式，至今已成功展演一百五十四期。因成绩突出，曲艺社被河北省曲协授予"河北曲艺人才工程培训基地"。

  2023年7月，在廊坊市委宣传部和市文联的支持下，市、区两级文化名家工作室——"郭宝艳曲艺家工作室"成立。工作室整合京东大鼓传习所和曲艺社资源，组织演员长期参加各类文化演出活动。

  近年来，郭宝艳带领曲艺队伍扎根廊坊沃土，融入群众文化生活，筑牢了曲艺传承阵地，活跃了群众文化氛围。她就像一轮缓缓升起的春日暖阳，辉映着碧波荡漾千里水，花树葳蕤正生香。

京东大鼓《冬天里的春天》

作词： 赵德明　郭宝艳
唱腔： 郭宝艳
演唱： 郭宝艳

北风吹来天气寒,
大雪茫茫满山川。
雪花飞舞扑人面,
踏雪的人儿笑语喧。
琼楼玉宇如梦幻,
天上的美景在人间。
那孩子们,堆起雪人儿细打扮,
推着雪球滚得欢。
跌倒了爬起真勇敢,
心花怒放乐翻天。
童年的时光多么浪漫,
感染着年轻的妈妈许红棉。
红棉心中正感叹,
有一个女孩儿扑进眼帘。
小姑娘好像离群的雁,
孤单单坐在马路边。
她七八岁的年纪苹果脸,
大红的防寒服身上穿。
身上的冰雪结成片,

参加中共廊坊市委宣传部主办的"学习贯彻党的十九届六中全会精神"廊坊宣讲在行动活动

抿着小嘴儿好可怜。

她睁着一双发呆的眼,

望着前方泪水含。

雪中梅花多么鲜艳,

照进心里却是风寒。

红棉上前仔细看,

轻声细语问了一番。

"孩子你姓啥叫啥家有多远?

闷闷不乐为哪般?

你眼巴巴在把什么盼，

还是受了委屈正心酸？"

孩子说："我的名字叫玉曼，

家住在，兰心苑四单元503。

我爸妈是石油工人常在一线，

为工作一走就是大半年。

爷爷奶奶年岁大行动不方便，

我就像断了线的风筝飞上了天。

我天天想来夜夜盼，

盼他俩呀，放了假高高兴兴早点儿把家还。

妈妈的怀抱多么温暖，

就像那旱季的雨水冬天的棉。

要是父母在身边该有多好，

能经常带我去游玩。

海洋馆，逛公园；

学游泳，去爬山：

蹬滑板，荡秋千；

进书店，看画片；

冰糖葫芦买一串，

不吃都觉得心里甜。

这样的梦想能实现，

过年我都不要压岁钱。"

红棉她听罢此言惊讶又震撼，

却原来这幼小的心灵在忍受熬煎。

看一看别的孩子再看看小玉曼，

阵阵疼爱触动心弦。

谁把她心中的想念来消减？

谁来安慰她心灵孤单？

谁来了却孩子心愿？

谁来浇灌这干渴心田？

谁来让她花枝招展？

谁来守护这精神家园？

谁来让她享受母爱的温暖？

谁来让她夜夜做梦也香甜？

谁来让她童年生活没有遗憾？

谁来让她时时刻刻绽开笑颜？

无忧无虑天真烂漫，

留守儿童也要有快乐童年。

红棉说："孩子你不要心情惨，

以后不会再受孤单。

你看那，堆雪人儿的小姑娘她扎着小辫儿，

她是我的女儿名叫梓萱。

我俩天天把你陪伴，

做完功课咱去游玩。"

小玉曼听罢笑容灿烂，

一头扑进她的怀里边。

这时节，大雪纷飞如画卷，

北风吹面不觉寒。

红棉、玉曼你追我赶，

做起游戏跑得欢。

又说又笑快乐无限，

母女情醉这大雪天。

爱心妈妈无私奉献，

寒冬变成美好春天。

京东大鼓《梨花深处》

作词：赵德明　郭宝艳
唱腔：郭宝艳
演唱：郭宝艳

春风浩荡艳阳天，
阵阵春潮满人间。
北回的大雁在天上叫，
粉红的桃花开在眼前。
桃花未谢梨花艳，
一片片花海波浪翻。
只见那梨花胜雪无边际，
欢会在枝头闹成团。
风动香飘花儿舞，
树牵手来花相连。
千树万树花烂漫，
风流遍地醉春烟。
诗情画意成美酒，
陶醉的人儿进梨园。
人人的笑脸如花朵，
朵朵花儿展开笑颜。
朵朵花心儿都含着蜜，
人人心里比蜜甜。
花海迎来诗人会，

参加第三届"董湘崑杯"京东大鼓会演

人到花海喜气添。
风骨秀，心地宽，
诗意美，妙语喧，
神采飞扬多么浪漫，
自由自在赛过神仙。
这正是，
花开绘成好风景，
花谢捧出果儿圆。
待到金秋飘香日，
梨儿压得枝头弯。
无边美景令人醉，
踏春寻芳结诗缘。
春天欢歌春光美，
秋来相会唱秋天。

京东大鼓《送盐上山》

作词：赵德明　郭宝艳
唱腔：郭宝艳
演唱：郭宝艳

罗霄山脉冲云端，
井冈山上长满红豆杉。
山下有个永新县，
住着一个老表他姓袁。
这一天，老袁起了个大清早儿，
往木盆里倒上了一袋盐。
他烧了开水往盆里舀，
一身新衣裳泡在里边。
老伴儿一见就急了眼：
怒火攻心咬牙关。
老伴儿说："莫非你发烧头脑乱，
这可是送给红军的盐。
红军在山上战白匪，
缺衣少食多么艰难。
饭菜无盐身无力，
怎与敌人巧周旋？"
老袁忙捂住老伴儿的嘴：
"说话轻声你莫高言。
白匪兵要听见这番话，

咱一家老小就招了祸端。

夜里我做了一个梦，

今天准能把盐送上山。

就算白匪有千般计，

那手段也比不过我大老袁。

我如此如此这般做，

他盘查再严也能过关。"

老伴儿听罢抿嘴儿笑，

竖起拇指夸老袁：

"这个计策真叫妙，

难怪都叫你小神仙。"

这时节，盆里的水温下降了，

老袁他捞出那衣裳就晾在一边。

老伴儿也如法来炮制，

一袋食盐就藏在身边。

城门岗哨盘查紧，

把出城的缘由问了一番。

又搜遍全身没有破绽，

只好放他们出城关。

他们大路不走走小路，

穿过荆棘把岩石攀。

林海之中把红军找到，

山泉水析出衣裳里的盐。

那委员，听罢此事连声赞，

战士们身上也力量添。

黄洋界上枪炮响，

永新城头红旗悬。

参加 2021（廊坊）京东大鼓书会

革命的旗帜如星火，

星星之火可燎原。

一心解救苍生苦，

共产党为人民打下江山。

京东大鼓《我的家乡美廊坊》

作词：赵德明　郭宝艳
唱腔：郭宝艳
演唱：郭宝艳

悠悠历史七千年，
沧桑变幻在人间。
我的家乡廊坊美，
一片热土绽笑颜。
想当年，黄帝曾经此路过，
大战蚩尤天地翻。
动人的故事千千万，
英雄的浩气冲云天。
刘琨誓死抗外侮，
杨家将热血洒边关。
清政府无能遭凌辱，
廊坊大捷义和团。
一声春雷烁往古，
共产党领导人民打下江山。
改革开放大潮涌，
京津冀融合换新天。
北京天津两个大都市，
廊坊是彩桥来通联。
一座城市在崛起，

就好像凌云大鹏破浪的船。
你看那茵茵绿地捧花树，
高楼林立街道宽。
大路梧桐小路柳，
公园里面逛花园。
紫气东来春潮涌，
轻风拂面香又甜。
大雁携来百鸟唱，
小康路上洒满诗篇。
九霄含笑白云舞，
碧水荷花拥抱夏天。
霓虹流彩挽星月，
水花送爽涌喷泉。
金风吹送沃野醉，
果满枝头菜满篮。
霜染树叶成花朵，
姹紫嫣红起波澜。
到了冬天，苍松翠柏傲然立，
瑞雪纷飞兆丰年。
道不尽四季风光美，
挑战机遇更向前。
新机场生出金翅膀，
四海宾朋落云端。
全国文明城市新起点，
启航就在 2020 年。
满怀希望齐努力，
美丽的花朵种在心田。

参加 2022（廊坊）京东大鼓书会

这廊坊，

宜居城市展大美，

风雨含笑动心弦。

一朝传来护花令，

园林卫士戴星天。

心血描出风骨秀，

城市搬进大自然。

神清气爽陶然乐，

请君到廊坊来游玩。

京东大鼓《小乌鸦》

作词：赵德明　郭宝艳
唱腔：郭宝艳
演唱：郭宝艳

从前有一只小乌鸦，
羽毛漂亮闪光华。
妈妈年老飞不动，
浑身无力眼昏花。
这一天，妈妈早起去把食打，
两手空空回了家。
她饥肠辘辘眼含着泪，
叫声孩子你别怨妈妈：
"那逃跑的虫儿飞得太快，
拼命追我也追不上它。
今晚回来我歇一宿，
明天再去把虫儿抓。
捉到虫儿喂饱你，
妈妈是你的天不会塌。"
小乌鸦听罢泪如雨下，
抱紧妈妈把话搭：
"不孝孩儿我已经长大，
学了本领不是虚夸。
我要为妈妈去捕猎，

参加第六届西河大鼓书会

明天一早就出发。"
妈妈听完多么高兴,
一遍又一遍嘱咐他:
"遇到危险你要机智,
有没有收获都早回家。"
小乌鸦早起往前赶,
睁大眼睛细观察。
他飞过大河与平地,
又飞上高空飞上山崖。
渴了到河边去喝水,
累了把羽毛刷一刷。
终于捉到虫一个,
喜出望外他乐开了花。

忽然间，乌云滚滚遮天日，
电闪雷鸣天要塌。
大雨倾盆狂风吼，
霎时平地变水洼。
这小乌鸦稚嫩的翅膀受了重伤，
他只感觉呀，
头昏脑涨眼冒金星浑身疼痛，
又饿又乏。
遇上这暴雨天叫他可怎么办？
孤零零，被困在荒凉的野山洼。
风如鞭、雨似箭，冻得他直发抖，
为活命，泥洼里拼命挣扎。
他多想把虫儿一口来吞下，
可心里想啊，
家里面还有那年迈的老妈妈。
妈妈年老体又弱，
这只虫儿能救她。
这小乌鸦，孝心感动天和地，
风停雨住出彩霞。
霞光万道风光美，
雨后飘香处处花。
景色虽好他无心赏，
扑棱着翅膀又出发。
他心里只想着一件事，
飞回家去喂妈妈。

京东大鼓《野菜谣》

作词：赵德明　郭宝艳
唱腔：郭宝艳
演唱：郭宝艳

茫茫天宇小小寰球，
山河壮丽华夏神州。
朗朗乾坤人间美，
寒冬转去春风稠。
春潮阵阵起新绿，
新崭崭的野菜冒了头儿。
鲜嫩的柳芽儿抿嘴儿笑，
万种风情似水柔。
春光一旦入了口，
唇齿留香回味不休，
清爽的气息四季难求。
早早开花儿的是苦菜，
亮闪闪的花朵惊眼眸。
枝叶翩翩欲起舞，
就像那迎风的少女半含羞。
甜丝丝的榆钱儿迎春露，
未曾长叶儿花开枝头。
层层叠叠的小翅膀儿，
招来了大鸟儿小鸟儿鸣啾啾。

大地暖暖艳阳照，

碧绿的荠菜满田畴。

大荠小荠好分辨，

您可别把那毛驴当马牛。

小荠俗名叫刺儿菜，

大荠的叶子展四周。

三月三，苣荬菜滋芽望天长，

蒲公英正在把根修。

槐树开花儿雪浪涌，

串串叠起白玉楼。

少年赤脚爬上树，

树下等着俏丫头。

小蜜蜂飞来又飞去，

采花儿酿蜜忙碌不休。

玲珑嫩叶儿千穗儿谷，

花袄红裙采一兜。

马齿苋又叫五行草，

白根红茎绿叶稠，

黄灿灿的花朵黑籽留。

汇聚金木水火土，

小小野菜天物之尤。

如今的生活富裕了，

好日子更上一层楼。

就在那春光明媚的休息日，

带老人领着孩子前去郊游。

沃野烟岚随风舞，

天高鸟飞春水流。

那孩子们，本是家中娇娇子，

自然的怀抱多么自由。

走堤坝，过渠沟；

登土岗，踏高丘。

花海如云放眼望，

阡陌纵横任你采收。

新鲜天然接地气，

连根带叶一溜丢。

无边乐趣有汗水，

赤子之心展歌喉。

回到家，亲手择出劳动果，

一家老少喜心头。

施妙手，动巧谋；

冷藏后，可长留；

晒干菜，风味稠。

大好时光织锦绣，

风雨含情岁月柔。

这正是，

物华天宝钟灵毓秀，

实实在在胜似珍馐。

天地的恩泽大智慧，

做人可别耍小阴谋。

感恩大自然多敬畏，

保护环境爱我神州。

家乡野菜向你招手，

闲情逸致羡土王侯。

现场为鼓曲演员授课

参加河北省曲协中青年优秀曲艺人才大比武

参加河北省优秀文艺人才节目展演

一板一眼，皆为传承；
一唱一和，尽是文化；
承古开今，推陈出新。

王爱利

王爱利简介

　　王爱利，女，汉族，入选中青年文艺人才"燕赵秀林计划"，承德市群众艺术馆非遗办公室主任（副研究馆员），民进会员。承德市戏剧家协会会员，曾参与第十四期全国曲艺创作高级研修班暨第三期全国曲艺小品创作表演编导培训班。作为一名基层的群文工作者，王爱利长年服务于基层协助各县文化馆、市文艺团体完成曲艺、舞蹈、小戏的排练和演出工作，并多次赴省内外各地参加演出比赛任务。曲艺原创作品有凌河大鼓《芳华》，数来宝《贴心话》《社区主任郝大妈》《谁不说咱祖国好》等。舞蹈作品有《欢乐满乡》《我属于祖国》《稻香金沟屯》《春风十万里》《喜获丰收》等，其中《欢乐满乡》获得2018年河北省燕赵群星奖，《谁不说咱祖国好》在2022年河北省文联举办的"百年征程·时代华章"群众喜爱的歌曲、曲艺舞蹈优秀作品推选活动中，被推选为最受群众喜爱的曲艺作品。

作为一名热爱曲艺的文艺工作者,王爱利深深地感受到曲艺表演的独特,从大学时期学习接触到从事艺术相关工作的过程中,她的每一次创作和表演都是一次情感的爆发和思想的碰撞,让她体验到说唱艺术的魅力和力量。从南北曲艺的融合,在到地方说唱的流派纷呈,一板一眼,皆为传承;一唱一和,尽是文化。它能够跨越时间和空间,能触动她内心深处的情感,其独特的艺术魅力深深地影响着王爱利的生活方式和文化观念。王爱利说:"曲艺已成为我生活的一部分,我会不断学习,不断探索,在尝试和创新中感悟生活的美。"

数来宝《谁不说咱祖国好》

作者：王爱利　孟向华

甲：走上台，问声好，欢迎观看数来宝。

乙："数来宝"，是传统曲艺受赞赏，

希望大家，多多支持多捧场。

甲：多捧场，我先说，因为我知道的比你多。

乙：啊嗨，别看我年轻岁数小，

不一定比你知道的少。

甲：嚆，你知道什么时候春风吹，春花绽放，春燕归吗？

乙：（白）春天呗！

甲：（白）行啊！你知道，党的哪一届全会一召开，会议精神暖胸怀？这改革开放兴起来？

乙：（白）您听好了呀，1978年12月党的十一届三中全会呀！

甲：（白）呦，脑子还挺好使。

乙：（白）您啊接着往下听：

这三中全会树丰碑，

改革开放显神威。

全国思想大解放，

中国走在了改革开放的大路上。

四十年，我记忆犹新永难忘，

历历在目都刻在我的心坎儿上。

甲：（白）是吗？你这岁数才多大？

说这话不怕人笑话？

乙：（白）你不知道！这些年，我当过记者编过报，

国家的大事全知道。

甲：好，我就佩服你这人（儿），

争强好胜总有词（儿）。

今儿个，咱俩就比试比试，较较劲（儿）？

专门说说这四十多年的大喜事儿？

乙：（白）行啊！

大喜事儿，千千万，

你到城市看一看。

市场经济见成效，又红火，又热闹。

什么粮票、布票、菜票、肉票全不要啦！

甲：这四十年，喜事一串连一串，

新建的高楼大厦一片片。

超市里商品是琳琅满目随便挑，

买东西都不用带钱包，

用手机一扫就成交。

乙：没错，咱网上聊天唱着歌儿，

家家都有小汽车儿。

甲：大喜事儿，处处有，

你到咱农村瞅一瞅，

联产承包到农户，

农民走上致富路。

乙：全国取消农业税，

千家万户心陶醉。

甲：（白）这农业税，被取消，盘古至今头一遭。

乙：种粮还拿补助款，

农民都给上保险。

甲：（白）现如今

政策好，气象新，

农村处处奏佳音。

从前老屋寻不见，

新村规划连成片。

乙：大路两旁有商店，

物美价廉货新鲜，

土特产，不出山，

网上一点收订单。

甲：我们也是，在网上聊天唱着歌儿，

咱个个都是小主播。

乙：五业兴旺春满园，

生活幸福日子甜。

甲：（白）好！

脱贫攻坚了不起，

亿万人民心欢喜！

乙：（白）对，干得好。

贫困县，全摘帽，

当代的中国已做到！

甲：山清水秀环境美，

那游客乐得合不拢嘴。

乙：（白）慢着、慢着，

大喜事儿，听我讲，

我一说完，台下立马就鼓掌。

伟大的祖国今胜昔，

经济总量已经在全球排第二。

甲：大喜事，听我说，

我一说，大家准跷大拇哥，都得夸我都得夸我

欧其哈拉硕（俄语）外瑞顾得（英语）！

乙：（白）这还上整外语哇！行啊！

甲：（白）那是呀，还有呢咱接着说

祖国的高铁纵横华夏几万里，

试问哪个国家敢来比？

乙：听我讲，"一带一路"展宏图，

中欧班列横跨欧亚谁不服。

甲：听我说，北斗导航高科技，

为中国人增光添彩长志气！

乙：听我讲，东风导弹威风抖，

号称航母大杀手。

甲：大喜事，多又多！

咱中国能造无人驾驶的小汽车。

乙：大喜事，一宗宗！

咱天问一号奔火星，

啥？登月行动？已成功！

甲：（白）真棒嘿！你听我说呀，

这中国的发展不得了，

说实话，这全凭党的改革开放政策好。

要是没有改革开放，

咱中国绝不是现在这模样。

想当年，大米白面不常见，

吃顿饺子算改善，

粗粮多，细粮少，

很多地方不温饱。

乙：没错，那时候家家都住小平房，

站在炕上顶着梁。

穿的是一身儿黑和蓝,

就是兜里没有钱。

大棉袄,大棉裤,

一看就知道不太富。

甲:不用看,不用转,

到处都是贫困县。

副食少,瓜菜代,

孩子们,一个个面黄肌瘦得不可爱,

我着急呀,一见就想拿脚踹。

乙:啊?你着急干吗还要踹人家啊?

甲:都快点儿给我长胖了呀!

乙:那管用吗?想当年我父亲,

一件儿背心儿是新三年旧三年,

连连补补又三年,跨栏儿断了,

他拿着线还一个劲儿地在那连呢!

甲:是!那年代我妈妈,老花镜断了两条腿儿,

舍不得扔,用线绳系上还挺美呢!(动作,白:瞧我像不像那高级知识分子儿)

乙:嗨,你这就别美啦!

咱说一千、道一万,

这改革开放是关键。

甲:(白)对!

改革开放春风吹,

祖国的大地尽朝晖。

乙:改革开放号声响,

国民经济大增长。

甲：改革开放作用大，
凯歌高奏传佳话。
乙：祖国进入了新时代，
我们高唱凯歌多豪迈。
甲：牢记使命不忘本，
我们永远跟党一条心。
乙：让我们手挽手，
甲：肩并肩，
合：为民族复兴谱新篇，
让美丽的祖国更壮观！

凌河大鼓《芳华》

作词：王爱利　孙贺文
作曲：孙贺文

千里松林绿无涯，
万顷林海阻风沙。
高岭绿洲又重现，
塞罕坝精神放光华。

想当年，肆虐的狂沙满天舞，
荒凉的原野卷雪花。
白毛风呼啸迷人眼，
干枯的河床变土洼
久飞的倦鸟无栖树
草木难生，牛羊搬家……

国家部署建林场，
招贤纳士把人才挖。
缺的是，年轻力壮有文化，
更要那，不怕吃苦把根扎。
一九六四年八月值盛夏，
林场里迎来了六朵花。
坚决响应党召唤，
姐妹齐心上了坝。
牢记使命艰苦创业，

凌河大鼓《芳华》参加 2024 年全省群众文艺作品创作征集展演

定要让那苍松翠柏胜风沙。

你帮我扫土拍拍被褥，
我帮你擦脸掸掸头发。
虽然房子没有几座，
地窨子里面也能安家。
吃的是，带麦芒儿的莜麦饼，
喝的是，积水冰雪来煮茶。
苗圃地，辛勤劳动把苗育，

收工时，红红的脸颊映晚霞。

十月坝上冷风刮，
脖子嘴里灌雪花。
为了苗根不失水，
泥塘里冻得直打牙。
山路难行常摔倒，
积雪过膝咱就爬。
造林工作任务重，
要育新苗抗风沙。
整整三年未下坝，
不绿罕坝不还家。

春风吹绿塞罕坝，
鸟语清风摇百花，
呦呜鹿唱清溪涌，
绿水青山有人家，
马头琴浅唱幸福的曲，
婉转的歌声传天涯。

青春播种在荒漠，
八女林里发新芽。
生态文明结硕果，
两山转化绽新花。
培根铸魂，代代坚守，
（白）凝心聚力，
（唱）铸就芳华。